长安月下与君逢

吉祥止止 著

中国友谊出版公司

逢君一笑
人间无此欢喜

桐花半落时
复道正相思

隔一程山水，我与你坐望于光阴的两岸。彼处是我们共期许的桃源，你站在落英缤纷里，不知魏晋，而我是正在行船的武陵人，我就要找到那豁然开朗的洞口，我已看见光，看见你在光里，那绚烂的红霞里，你笑容依旧。

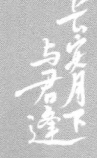

白居易 ｜ 元稹

此刻，那白衣的书生穿过多少荷池才找到你，而此刻，

这个一直考试不中的书生，将因为此时受到身在辋川的

你的专注相望，而得到一生最大的赏识和千年之后无数

读诗人的欣羡，有多少人愿做那临湖亭上小船里的书生，

手持一柄烟雨，白衣飘飘向你而来，从此你的辋川里就

烙印上了他的名字。

王维 ｜ 裴迪

暗夜里各自独行一座深山，中间隔着不能渡过的逝水，
却能在空山里听见彼此的呼应，一时春鸟齐鸣，人间
不再孤寂。

柳宗元
刘禹锡

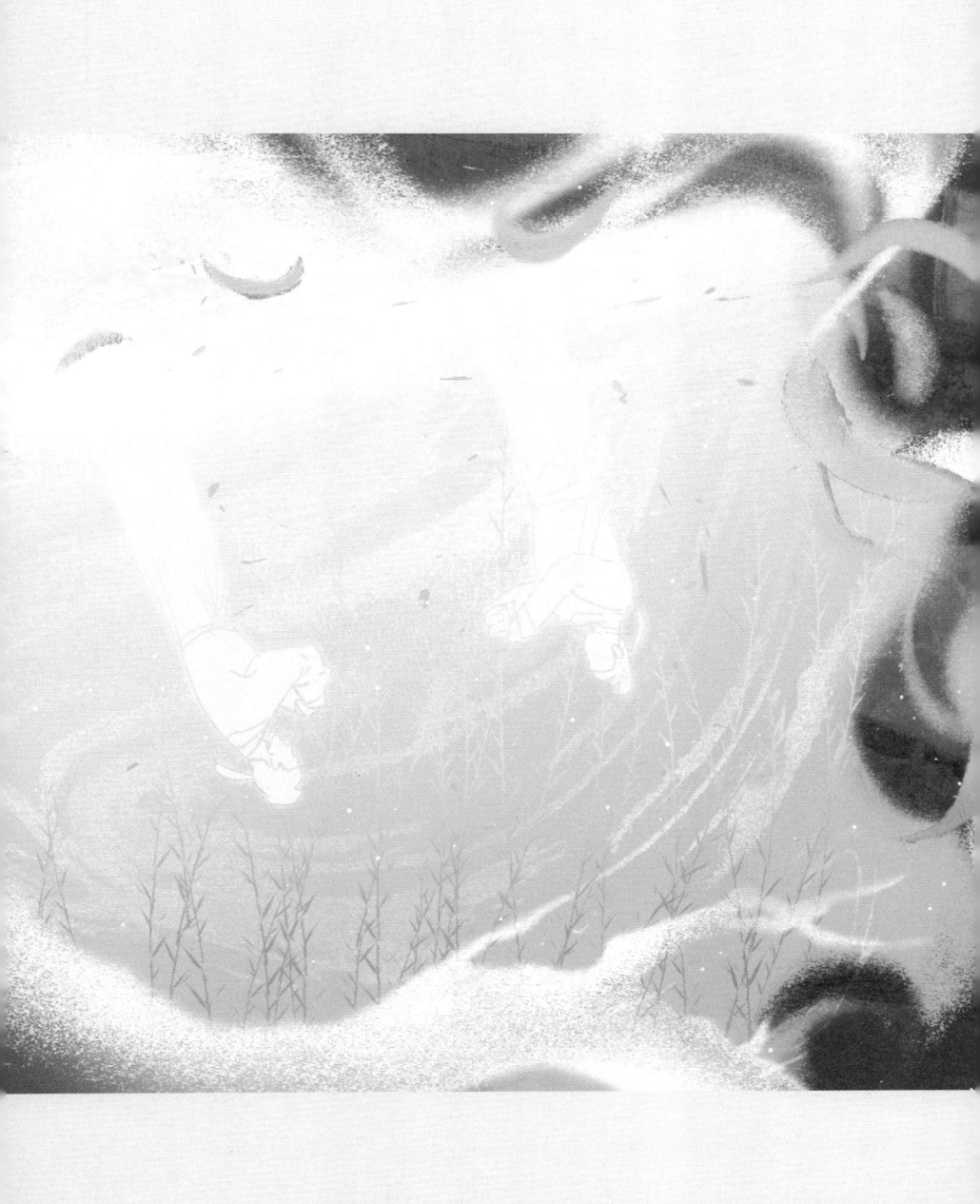

他们都是世间翩然而来、翛然而往客。翛然一生里，如鸟影渡寒塘，但在碧水青山里，琴声低回，引一人回眸，翛然一笑，于是一颗心就如沐春风绽放。人间近看，一个玉树临风，一个空谷幽兰，立在人世的浮光掠影里。人间远望，茫茫碧水上，苍苍横翠微。

孟浩然 — 李白

他们是大唐最好的诗人，
他们是人世间最深情的知己

目　录

相忆今如此，相思深不深？——001　——　王维 裴迪

三夜频梦君，情亲见君意——025　——　李白 杜甫

长安
月下
与君逢

君为已矣，余为苟生 —— 049 —— 刘禹锡
柳宗元

吾爱孟夫子 —— 079 —— 李白
孟浩然

此夕此心，君知之乎 —— 093 —— 白居易
元稹

前言

　　他们之间是友谊，更是恩义。于他们而言，没有友谊则斯世不过是一片荒野。有哲人说：什么是爱情？两个灵魂一个身体！什么是友情？两个身体一个灵魂！所以友情是灵魂的婚姻。

　　在友情里，我们以灵魂结合共渡逝水，在爱情里，我们以身结合共堕红尘，能抵达心灵的领土并肩驰骋的还是知己。

　　冯梦龙说："恩德相结者，谓之知己；腹心相照者，谓之知心；声气相求者，谓之知音，总来叫作相知。"

长安
月下
与君逢

　　这样的友情，让唐朝的诗人肯为他说"直到他生亦相觅"，肯为他说"海内存知己，天涯若比邻"，肯为他说"桃花潭水深千尺，不及汪伦送我情"……那个时候他们都是以山为琴、以水为弦的诗人，伯牙来了，子期还在，而不是人殁琴没，山在水涸，人间不能再在山的深谷里弹起流水之弦，再没那一曲可歌可泣的回响。

　　这些诗人的诗篇流光溢彩，诗人之间的感情更是一往而深。这是一种友情，却比友情更紧密，比爱情少了一些情欲，却比爱情更加肝胆相照。

　　他们可以没有一场惊天地泣鬼神的爱情，却不能没有这种情不知所起一往而深的友情。我听到李白的大声呼喊："吾爱孟夫子！"看到深夜里白居易一场深情流露："此夕此心，君知之乎？"还有元稹一场梦醒的遗憾："唯梦闲人不梦君。"以及韩愈的高声吟唱："我愿身为云，东野变为龙。"喜欢这种干净、深情、酣畅、淋漓的感情。爱情是一场海誓山盟，而这样的友情却是海枯石烂。他们的情，初见者，看山是山，看水似水；看清之时，看山不是山，看水不是水；而领悟之后，看山还是山，看水还是水。

前 言

而他们携情行过之处，唯有千山连绵，万水长流。

世间繁华，随时浮沉，世间爱情，瞬时千变，唯有茫茫碧水上，苍苍横翠微。

相忆今如此，

相思深不深？

王维

裴迪

此刻，那白衣的书生穿过多少荷池才找到你，而此刻，这个一直考试不中的书生，将因为此时受到身在辋川的你的专注相望，而得到一生最大的赏识和千年之后无数读诗人的欣羡，有多少人愿做那临湖亭上小船里的书生，手持一柄烟雨，白衣飘飘向你而来，从此你的辋川里就烙印上了他的名字。

桂花都开好了，裴秀才你什么时候进南山陪我一起看花？

芙蓉花都开好了，裴秀才你什么时候入辋川陪我一起看花？

在南山里等了许久，他的裴秀才没有来，他只好自己去了，一个人听到了鸟鸣涧声，写下一个人的南山："人闲桂花落，夜静春山空。月出惊山鸟，时鸣春涧中。"

在辋川里等了许久，他的裴秀才没有来，他只好一个人去了，写下一个人的辛夷坞："木末芙蓉花，山中发红萼。涧户寂无人，

长安
月下
与君逢

纷纷开且落。"

这是王维一个人的辋川，一个人的南山，没有好友裴迪相伴的时候，他看见了山水寂静无人的美。当裴迪来相伴的时候，辋川的空谷里有了心如擂鼓的回响。

他们不在一起的时候，王维写信给裴秀才说："因为你要温书考试，我不能叨扰，遂一人游了辋川。我往北涉过黑色灞水，此时月色朗朗，照耀着城郭。我在夜色中登上了华子冈，见辋水生起微波，与月影共上下。寒山中远远的灯火，在深林里明明灭灭。深巷中的狗叫声，如豹吼般清晰地传来。村子里夜晚的舂米声，与稀疏的钟声交响。此时，独坐在此，僮仆静默，我想起从前与你携手唱着诗歌，走在乡间狭窄的小路上，走到清澈的小河水边……

"等到了春天，草木都长起来了，我们可以来看春山，水里有小白鱼轻灵地跃出，天上有白鸥轻盈地展翅，而我们踏着岸边露湿的春草，听着麦田里野鸡的鸣叫。想这美丽的岁月已经不远了，

004

你能过来陪我吗？"

写完这封信，王维就交给了到山里来驮黄柏的药农，让他帮送到城里去……

春天的时候，王维又写了新诗给裴秀才，写好后，他手托下巴看着夕阳往树里、花里、湖里都洒满金屑，天空澹泊高远，他突然觉得此刻岁月如此寂静，人生不再想荣华，只是期待裴迪此刻能陪在身旁，让"静好"二字落下最后一笔：

风景日夕佳，与君赋新诗。

澹然望远空，如意方支颐。

春风动百草，兰蕙生我篱。

暧暧日暖闺，田家来致词。

欣欣春还皋，淡淡水生陂。

桃李虽未开，荑萼满芳枝。

请君理还策，敢告将农时。

——王维《赠裴十迪》

长安
月下
与君逢

我把这里最好的时日告诉你，希望你赶紧收拾好归来的行李，来与我共享这辋川的春天。

王维说要独向白云归，却又打扫花径，等着那人来寻自己，等了许久，都等不到那人，寂寞柴门人不到，空林独与白云期。

我眼前的江湖如许美好，没有你，我却不能尽情啸一声欸乃。

我眼前的山河如许清寂，没有你，我却静不下心来独奏一曲《归去来兮辞》。

我的空山，我的辛夷坞，我的木兰柴，我的胜景，我的寂寞，我的清丽时代，我都想与你一起涉似水流年，采撷诗情的芙蓉。

后来，在王维日复一日的等待中，裴迪果然来了，但他到的时候已是秋天。

裴迪到达辋口时，天上忽然落雨，擎一把伞行在烟雨茫茫里，他想起了第一次到辋川时也遇到了雨，也是这样烟里雾里去寻王维，而此刻，白云依然苍苍，自己只凭一封去年冬天收到的信，

相忆今如此，相思深不深？

错过了王维约的春期，隔了一整个燥热的夏季，到秋天才赴约，

不知此时的南山还是否如王维诗中的样子？

于是心里忐忑的裴迪想了一诗《辋口遇雨忆终南山因献王维》：

积雨晦空曲，平沙灭浮彩。

辋水去悠悠，南山复何在。

裴迪不禁想到了第一次来辋川的情景，也是一个这样的雨天，

他带着哥哥裴回的临终嘱托来到终南山，求在此休假的王维为哥

哥写墓志铭。当时的王维是为皇帝推荐人才的左补阙王大人，在

见到白衣书生第一眼时便感觉周围一切黯然失色，他惊这位小他

十多岁的年轻人为"天机清妙者"，今夕何夕，见此良人……

为了祭奠亡友裴回，王维随裴迪一起返回长安。之后，两人

又一起顺路去访吕逸人，不遇。王维写诗说：

桃源一向绝风尘，柳市南头访隐沦。

到门不敢题凡鸟，看竹何须问主人。

城上青山如屋里，东家流水入西邻。

长安
月下
与君逢

闲户著书多岁月，种松皆老作龙鳞。

——王维《春日与裴迪过新昌里访吕逸人不遇》

裴迪也写：

恨不逢君出荷蓑，青松白屋更无他。

陶令五男曾不有，蒋生三径枉相过。

芙蓉曲沼春流满，薜荔成帷晚霭多。

闻说桃源好迷客，不如高卧眄庭柯。

——裴迪《春日与王右丞过新昌里访吕逸人不遇》

这是二人诗情的开始。他们惊觉彼此竟有共同的向往，都向往那红尘不到的辋川。不遇他们要遇之人，但他们却遇见了彼此，就像两个武陵人在寻桃花源的路途上相遇。

终于，王维找到了这座桃花源。裴秀才遇雨的辋川口，跟那武陵人遇见桃花源之前一样，初极狭，而后豁然开朗，于是世间就有了他和他的辋川。

008

相忆今如此，相思深不深？

　　裴迪携诗二十里来到了欹湖，坐上迎接自己的小船，而临湖亭上的王维，早已摆好了美酒，笑意盈盈地看着裴迪的小船悠悠湖上荡来：

　　轻舸迎上客，悠悠湖上来。
　　当轩对樽酒，四面芙蓉开。

　　　　　　　　　　　　——王维《临湖亭》

　　此刻，那白衣的书生穿过多少荷池才找到你，而此刻，这个一直考试不中的书生，将因为此时受到身在辋川的你的专注相望，而得到一生最大的赏识和千年之后无数读诗人的欣羡，有多少人愿做那临湖亭上小船里的书生，手持一柄烟雨，白衣飘飘向你而来，从此你的辋川里就烙印上了他的名字。

　　书生上岸，饮尽一杯清觞，便卷衣、磨墨，写下遇雨的路上，追忆往遇、期待今逢，却又担心你不在原地等他的诗篇。

　　看到这些落墨而出的诗句，王维心头一动，也拈一纸而出，

长安
月下
与君逢

写下《答裴迪辋口遇雨忆终南山之作》：

> 淼淼寒流广，苍苍秋雨晦。
> 君问终南山，心知白云外。

你要知道我的心，一直都在，在这白云深处，也一直等你等了许久。

你来的时候辋川的烟雨迷了你的路，南山的烟雨也湿透了我的梦，我一直都是这南山下梦蝶的庄生，以一蝶身栖停在东篱的菊花上，不愿醒来去做人间的庄生。

诗人与诗人久别重逢，见面不语，以诗先赠，都不想说红尘事，唯将一片卧云情都赋予诗意的南山。

裴迪在辋川别业小住了几日，二人一起在辋川山谷，行过了孟城坳、华子冈、文杏馆、斤竹岭、鹿柴、木兰柴、茱萸泮、宫槐陌、临湖亭、南垞、欹湖、柳浪、栾家濑、金屑泉、白石滩、北垞、竹里馆、辛夷坞、漆园、椒园……并一一留诗，而这些唱和的诗被王维编成了日后文人向往的"精神桃花源"——《辋川集》。

临湖亭上，王维在芙蓉杯里得到了与裴秀才陪君醉笑三千场的欢喜，而裴迪则在月影清冷、猿声寥落里看到了王维笑容里的寂静——

当轩弥滉漾，孤月正裴回。

谷口猿声发，风传入户来。

——裴迪《临湖亭》

在鹿柴的空山中，往日都是一片不见人影的空寂，现在王维耳边传来裴秀才在林中的呼唤声，看见夕阳照进深林，光影浮动在寂寞润湿的青苔上——

空山不见人，但闻人语响。

返景入深林，复照青苔上。

——王维《鹿柴》

长安
月下
与君逢

为你的到来，鹿柴不空，青苔的孤身上也有一裳温暖的尘念。

而他的裴秀才说，我一人在落日里入南山，不知道你在深林中的事情，看见的不过是鹿的痕迹而已——

日夕见寒山，便为独往客。

不知深林事，但有麏麚迹。

——裴迪《鹿柴》

不知我是打扰了你的美梦还是进入了你的清梦。

在裴秀才面前，王维不是那个吟诵着"大漠孤烟直，长河落日圆"身负国家重任的臣子，也不是那个"独坐幽篁里"的避世隐者，而是在辋川静默等候的一盏长夜不灭的灯火。

一个被红尘浸染的人总是不甘寂寞的，短暂的相聚后，裴迪终究要离开辋川，回归他那座有龙门的江湖。

在欹湖水上，看着远去的小舟，王维陡然而生一种闺怨的怅

012

相忆今如此，相思深不深？

悯情绪：

> 吹箫凌极浦，日暮送夫君。
>
> 湖上一回首，山青卷白云。
>
> ——王维《欹湖》

水面上的裴迪已行过重重青山，却似有所感，回首遥遥一望，只见山青卷白云，而身后的那个人仿佛只留在云端梦里。

很快，离去的人已经将不舍的情绪收起，胸中充盈着一种遨游江湖中的浩然之气，长啸一声：

> 空阔湖水广，青荧天色同。
>
> 舣舟一长啸，四面来清风。
>
> ——裴迪《欹湖》

回归寂静的王维又坐在他的文杏馆里，望着山野间的岚雾缥缈，他觉得那个心怀江湖的人就像这些在天地间奔腾的云雾一样，来自山海间，又化作人间雨——

长安
月下
与君逢

文杏裁为梁，香茅结为宇。

不知栋里云，去作人间雨。

——王维《文杏馆》

而在文杏馆外的裴秀才，一身风雨行在江湖里，还是频频回望身后停云落月的长亭——

迢迢文杏馆，跻攀日已屡。

南岭与北湖，前看复回顾。

——裴迪《文杏馆》

毫无意外地，裴迪为这馆里的人再次回来了，这次他在王维的辋川别业附近购置了房产，打算在王维隐居的辋川里安家。

此林中，此檐下，王维多希望裴秀才家的柴门永远为自己敞开。他想与裴迪携手一起看尽西岭千秋雪，而裴迪只是门泊的东吴万里船，短暂的栖息后还是想要去往自己的江湖，所以当摩诘唱五柳歌时，裴秀才唱的是一曲《青雀歌》："动息自适性，不

014

曾妄与燕雀群。幸忝鹓鸾早相识，何时提携致青云。" 一直不灭功名心的裴秀才还是又离开了辋川。

虽然早有预料，但失望至极的王维还是无法平静，怀着无奈之情写下：

不相见，不相见来久。

日日泉水头，常忆同携手。

携手本同心，复叹忽分襟。

相忆今如此，相思深不深？

——王维《赠裴迪》

本以为我们可以这样一直携手归隐，太多的期待禁不住你突然的离去，你离去了，才惊觉我对你的相思如此之深，多年相思不露，只因已入骨。

裴迪注定无法享受归隐的闲适，他跟王维始终不一样。王维登临过人生高峰，领略过"会当凌绝顶，一览众山小"的风光，

长安
月下
与君逢

才生出了走到深谷、涉履辋川之心。裴迪尚未金榜题名，亦从未登临过人生的巅峰，也许很多年后，当他"壮气蒿莱，金剑沉埋"时，才能够真正体味到"浮名竟何益，从此愿栖禅"的人生况味。只怕当裴迪想明白的时候，那个人已青山埋骨，空山不见人。

王维能听得到书生内心的声音，却等不到书生自己听见心谷的桂花落声，书生只能看到一场鹿梦，一场梦醒了，却没有陪他做另一场梦的人。所以，裴迪才会对王维的妻弟崔九说："莫学武陵人，暂游桃源里。"

是的，他是那个武陵人，被王维引领着游了一圈桃花源，却还是思念外面的世界，又出来了，等他想要再回去，却早已回不到那座桃花源，没有那人的辋川又怎是自己心中的那座辋川呢？

比起后知后觉的裴迪，王维早就明白两人终将归于殊途，洞若观火的同时，又甘愿痛苦沉沦。所以才在辛夷花开的无边春色里，忍不住一遍又一遍问他的裴秀才：

相忆今如此，相思深不深？

山中相送罢，日暮掩柴扉。

春草明年绿，王孙归不归。

——王维《山中送别》

未等裴迪归来，城倾了。

公元 756 年，渔阳鼙鼓动地来，惊破霓裳羽衣曲。九重城阙烟尘起，城塌了，王维来不及逃出，身陷囹圄的他只能服药装哑，后被叛军带往洛阳，拘禁在菩提寺里。叛军强授他"给事中"官职，负责"驳正政令违失"。

听闻消息的裴秀才，为了王维只身奔赴洛阳菩提寺，在萧条破败的拘室里看见了那个往日独坐幽篁里的摩诘兄，摩诘还是那个摩诘，他等到了他的裴秀才，露出了久违的笑意。裴迪哽咽相问："听说你重病一场已不能说话了？"王维见外面无人，终于开口，嘶哑着声音说："装的。"裴迪千言万语都堵在一句："你受苦了。"泪水便已决堤。

长安
月下
与君逢

　　裴迪向王维说着外面的局势，提及在凝碧池上殉国的梨园供奉雷海青。

　　据说在凝碧池上，安禄山举行庆功大宴，抓来了一众梨园子弟为他奏乐助兴。梨园众人眼见山河破败，无法奏出颂曲，人人痛哭失声。面对安禄山的雷霆怒火，琵琶手雷海青突然将手中的琵琶如重锤一般掷出，哐啷一声，琵琶碎落在安禄山面前。雷海青又转身面向西边，朝着长安的方向失声痛哭。安禄山怒不可遏，残酷地将雷海青肢解。前朝的颂歌不属于他，前朝的人才不属于他，安禄山便以血洗山河的方式让这座江山顺服。

　　听完此事，王维早已泣不成声。此时形势危急，裴迪不得不离开，他来不及宽慰王维，只能问是否有话需要他带出去。摩诘流着泪低低念诵一诗：

　　万户伤心生野烟，百官何日更朝天？
　　秋槐叶落空宫里，凝碧池头奏管弦。

　　　　　　　　　　　　　　　　——王维《凝碧池》

相忆今如此，相思深不深？

裴迪牢牢记下后站起来便要走，王维忍不住拉住他，留恋之
情难以自抑，将为裴迪作的诗念了出来：

安提舍尘网，拂衣辞世喧。
悠然策藜杖，归向桃花源。

——王维《菩提寺禁口号又示裴迪》

鲜衣怒马的日子，我已忘了，明月轻舟的过往，我还记得。
如果以后你我各自平安，那我们再携手赴辋川！

公元 757 年，唐军收复洛阳，唐肃宗回到长安，而王维等犯
官从洛阳押回长安，囚于宣阳里杨国忠宅，等候发落。

天子重上朝堂，嘉奖了功臣，也开始进行惩处。李白被问罪了，
因为他在讨伐安禄山的队伍中跟错了人。杜甫也被问罪，因为他
为一位打了败仗的官员说了话。王维作为在安禄山手下任"伪职"
的官员，成了大唐的叛臣孽子，理当重罪，有官奏请："诸陷贼官，
背国从伪，准律皆应处死。"但裴秀才为他传出来的那诗，让皇

长安
月下
与君逢

帝明了他的一片忠心，当时留守太原立了大功的王缙也站出来，
愿意削自己的刑部侍郎官职以赎兄罪。

王维被特赦了，但此时的他对仕途已经意兴阑珊，想要彻底
归隐。他对弟弟王缙说："昔在贼地，泣血自思，一日得见圣朝，
即愿出家修道。"不过，王维的辋川梦因为朝廷一再挽留终成空，
后来他甚至官至尚书右丞，一心想要坐看云起，自己却成了青云，
一切都是身不由己，一切都事与愿违。

年轻的时候，他写《不遇咏》："北阙献书寝不报，南山种
田时不登。百人会中身不预，五侯门前心不能……我心不说君应知。
济人然后拂衣去，肯作徒尔一男儿。"

年老的时候，他发现他不遇的不是周文王，而是那渭水岸边，
那南山种田。

年轻的时候，他说君王不知他的心，他的心就是要直挂云帆
济沧海。但年老的时候，他才知道，君王真正不懂的是他的拂衣
之心，他连临岸老僧都做不了，只能做个紫衣老生临岸久，悔与

相忆今如此，相思深不深？

沧浪有旧期。

　　美人心悸的是色衰爱弛，将相块垒的是尚能饭否。而王维，郁结的是不能涉川别红尘，做一丛终南山下的东篱菊，深林人不知，明月来相照。他这做梦的庄生，带着他的蝴蝶，在长安的千门万户里，蹀躞着黄金羁，走过了繁华千丈，又在羽檄交驰中，走过了仓皇岁月，却始终走不到水穷之处，坐看云起，走不到幽篁里，弹琴长啸。

　　就在摩诘在朝堂上心不甘情不愿地步步高升时，裴迪来到了蜀地，认识了杜甫，杜甫为他写了一首清寂的诗，其中一句是："蝉声集古寺，鸟影度寒塘。"

　　裴迪也真如鸟影度寒塘一般，从此了无痕。一场珠零玉落后，他与王维携手而作的辋川梦，都被风云吹散了去。

　　他们各自行了各自的路，没有共同的归处，也没有再携手之心，他与王维都迷了路，从此都是那不能再入桃源的武陵人——当时

长安
月下
与君逢

只记入山深，青溪几曲到云林。春来遍是桃花水，不辨仙源何处寻。

此去经年，漂泊已久的裴迪蓦然回首，大梦不觉，任由自己置身于天宝年间的回忆里。

当时那人还在南山的云深之处，裴迪正在自己家里闭门谢客，温习经书，有叩叩的敲门声清脆地传来，他按捺不住好奇，有谁会来拜访？门口一阵喁喁的说话声后，书童便拿着一封信前来，说是蓝田辋川的药农送来一封信，原来是摩诘兄！

裴迪按捺不住欢喜地展开信："近腊月下，景气和畅，故山殊可过。足下方温经，猥不敢相烦，辄便往山中，憩感配寺，与山僧饭讫而去。北涉玄灞，清月映郭，夜登华子冈，辋水沦涟，与月上下。寒山远火，明灭林外。深巷寒犬，吠声如豹。村墟夜舂，复与疏钟相间。此时独坐，僮仆静默，多思曩昔，携手赋诗，步仄径，临清流也。当待春中，草木蔓发，春山可望，轻鲦出水，白鸥矫翼，露湿青皋，麦陇朝雊，斯之不远，倘能从我游乎？非子天机清妙者，岂能以此不急之务相邀。然是中有深趣矣！无忽。因驮黄檗人往，不一。山中人王维白。"

读完，裴迪思绪万千，摩诘兄啊，在你独游辋川的夜晚，我独自读书简直是种罪过，书里有我的名利场，却不能有你眼里千里相照的明月光，书里有我的万钟禄，却不能有你山中的灯火阑珊。晚冬的辋川，没有春山，你的书信却让我听到了辋川溪水的清声，闻到了蓝田枯草的气息，听到了终南山里僧院的钟声，以及村落里谁家的小犬在吠月，又是谁家的春在春夜。你独坐的时候，我多愿成为你身旁静默的僮仆，与你一起思及携手赋诗的往昔……

年轻的白衣书生看着窗外未发的柳树，冬天就要过去了，相见的日子还会远吗？

三夜频梦君，
情亲见君意

李白

杜甫

于杜甫而言，李白是启晨光于积晦、澄百流以一源的所在。如若自己是夜，他就是太阳，照耀着自己漫长人生里所泅渡的暗暗路途。其实，当月亮遇见太阳，也会闪耀出光芒。

他从冰天雪地的贝加尔湖畔走来，踏上长安熙熙攘攘的朱雀大道，在宫殿里傲慢地抬脚让皇帝近侍为自己脱鞋，又泛舟桃花潭上，攀援蜀道、梦游天姥，他的目光投向那高高的丹墀，在更长的人生里只愿醉倒在葡萄美酒夜光杯里，他从未想过自己能得到如此炽热、纯真的一份倾慕。

大唐天宝年间，鲁城，李白和杜甫嘴里叼着秋草，正呆呆地看着雁度秋空，日静无云。李白兴致怏怏，他已经跟杜甫同吃、同睡、同喝酒好几日，该说的话都已经说够了，正打算找点新鲜的事情做。

长安
月下
与君逢

想到有个叫范十的朋友在城外隐居，而这个时节的郊外风光也别有一番滋味，于是心中有了主意。他立即起身，优哉游哉地伸了个懒腰，笑着一把揽过杜甫的肩膀，神神秘秘地说："走，我带你去找乐子！"

不料，两人骑着马行至城郊，就在秋日的草丛里迷了路，穿着一身华服的李白一时不慎陷进了苍耳丛中，浑身沾满了苍耳籽，等找到范十家，两人的形容已是狼狈不堪。

范十见到他们的第一眼时不敢相认，愣了一瞬后便忍不住大笑起来，李白也不觉得尴尬，一边笑一边闹着让范十将好酒好菜都拿出来。见杜甫在一旁还有些拘谨，李白不动声色地拉过他的袖子，一同走进范十的院子。

主人连忙端出美酒佳酿，秋时小菜，经霜秋梨……李白见状更是欢喜，落座后一边摘着身上的苍耳，一边热情地跟范十推杯换盏。饿了一天的杜甫早已饥肠辘辘，却落寞地坐在一旁，食之无味地看着李白跟别人谈笑风生。

三夜频梦君，情亲见君意

李白与范十喝到半酣，不仅立下了畅饮十日的约定，还期待着百年千年都能一起喝酒。在欢声笑语中，李白回想自己半生漂泊，发现记忆也已经随着醉意慢慢升温而变得熨帖，放言道，像我这样拥有豁达乐天的心态才不会被前路波折打倒，大醉以后我还要像晋朝的山公倒骑马回家：

雁度秋色远，日静无云时。客心不自得，浩漫将何之。
忽忆范野人，闲园养幽姿。茫然起逸兴，但恐行来迟。
城壕失往路，马首迷荒陂。不惜翠云裘，遂为苍耳欺。
入门且一笑，把臂君为谁。酒客爱秋蔬，山盘荐霜梨。
他筵不下箸，此席忘朝饥。酸枣垂北郭，寒瓜蔓东篱。
还倾四五酌，自咏猛虎词。近作十日欢，远为千载期。
风流自簸荡，谑浪偏相宜。酣来上马去，却笑高阳池。
——《寻鲁城北范居士失道落苍耳中见范置酒摘苍耳作》

这首诗写完又引一片喝彩，席间的气氛更加热烈，他们都在笑着、闹着，无意中冷落了坐在一旁，被李白强行邀约过来的杜甫。他对这位隐士不感兴趣，对美酒、美食不感兴趣，只是神情淡漠，

长安
月下
与君逢

应下了席间的作诗要求：

> 李侯有佳句，往往似阴铿。
>
> 余亦东蒙客，怜君如弟兄。
>
> 醉眠秋共被，携手日同行。
>
> 更想幽期处，还寻北郭生。
>
> 入门高兴发，侍立小童清。
>
> 落景闻寒杵，屯云对古城。
>
> 向来吟橘颂，谁欲讨莼羹。
>
> 不愿论簪笏，悠悠沧海情。
>
> ——杜甫《与李十二白同寻范十隐居》

我也是个蒙山隐居客，对你就像对待兄弟一般敬爱。在这个秋天，我们整天一起喝酒，盖同一张棉被，每天都手拉手同行。没想到你会突然来北城外幽僻之地寻访旧友。你从进门起就非常高兴，觉得连侍立的小童都格外清俊。我只能寂寞地看着日落之景，坐听寒砧之声，遥望云压小城。先前我为你念了遍《橘颂》，你没有在意我在其中表达的仰慕之情，又向我提出作新诗的要求，于是才有了这首诗。我现在不想跟你讨论什么官场之事，只想寄情于沧海，表达我悠悠流水之心。

杜甫如同他诗中那样一直默默跟在李白的身后，视线总是追随着这个光芒万丈的天才诗人。陪同李白在范十的隐居处欢歌痛饮之后，两人又四处游玩。相聚总有一别，同游的两人终究还是走到了分别的时刻。

两人在相逢时痛饮一场，离别时也不免要大醉一次。对着这个同吃同睡，陪伴自己那么久的友人，李白心中自然不舍，他向来是个从不掩饰自己情绪的人，衷肠一结，立马倾吐：

醉别复几日，登临遍池台。何时石门路，重有金樽开。

秋波落泗水，海色明徂徕。飞蓬各自远，且尽手中杯。

——李白《鲁郡东石门送杜二甫》

按理说偶像为自己写了送别诗，杜甫应该回一首诗以表谢意。只是此刻杜甫在心中堆积着块垒，没办法潇洒地说着劝酒诗，只

长安
月下
与君逢

能心情沉重地黯然离去。

杜甫早已明白自己在李白心中的分量——一个性格拘谨的同游人，而不是青衫落拓的风流客，无法让李白激情澎湃地定下十年、千年的饮酒之约。两人只有同行，无法同归。

不过，让杜甫没有料到的是，李白在他离开后也会泛起浓郁的怅惘。

两人分别后不久，李白站在汶水河边的沙丘城下，形单影只，想起之前陪伴在身边的杜甫，不禁恍惚，自从杜甫走了之后，我究竟为何会一个人在沙丘城内闲居呢？这里只有城边的老古树陪着我，只有日落时秋风瑟瑟声陪着我。一人喝薄酒怎能欢醉，一人听齐歌怎能尽情。子美，我现在想你了，如果能像这一川汶水，浩浩荡荡追着你南去该有多好：

我来竟何事？高卧沙丘城。城边有古树，日夕连秋声。
鲁酒不可醉，齐歌空复情。思君若汶水，浩荡寄南征。
——李白《沙丘城下寄杜甫》

三夜频梦君，情亲见君意

此去一别，他们再难相见。李白的思念很短，他很快就忘了这个一脸崇拜为自己唱《橘颂》的青年。除了这两首诗，李白便再也没有在诗中提过杜甫。他提到了孟浩然时大唱："吾爱孟夫子，风流天下闻"，提到了元丹丘，深情相诉："我情既不浅，君意方亦深。相知两相得，一顾轻千金。"他只用一杯酒，一段短短的汶水就把杜甫从心中送走了。

这一切，却丝毫不影响李白已经忘掉的那个人用尽余生地思念他。

一年冬天，长安，杜甫独自待在书斋里翻读《左传》，读到襄公八年，晋国的范宣子到鲁国聘问，与鲁襄公商议说打算用兵于郑国。鲁襄公设宴招待时，范宣子在席间唱起《诗经》的《摽有梅》强势地表达催促之意，要求鲁国早日出兵：

摽有梅，其实七兮。求我庶士，迨其吉兮。

摽有梅，其实三兮。求我庶士，迨其今兮。

摽有梅，顷筐塈之。求我庶士，迨其谓之。

033

长安
月下
与君逢

此时，鲁襄公年纪还小，经验尚浅。于是鲁国正卿季武子接着就回应道："谁敢不及时啊！既然现在用草木来比喻，那么鲁君对于晋君而言，晋君就像花与果实，鲁君就是散发的芬芳。鲁军只会高高兴兴地执行出兵要求，怎么会有时间推延呢？"说完，季武子又念起《角弓》诗说："兄弟婚姻，无胥远矣。"希望晋国不要因为疑心而远了兄弟骨肉。范宣子听完后不但一改强势的态度，还变得非常谦恭。

杜甫又读到昭公二年，鲁襄公儿子昭公继位，晋国又派韩宣子来访，鲁昭公设宴款待，席间，季武子吟诵有"绵绵瓜瓞，民之初生"的《绵》之末章，夸赞韩宣子是鲁国的能人。而韩宣子则念起了当初季武子念过的《角弓》，表达亲近之意，一时间宴席的气氛更是热烈，众人开怀畅饮，宾主尽欢。

看到此处，杜甫不由得愣住了，口中反复地低声诵读着："兄弟婚姻，无胥远矣……兄弟婚姻，无胥远矣。"脑海中一时在想着鲁国的宴会上是怎样觥筹交错，一时又想起自己跟分别已久的那个人在宴会上碰杯的场景。他想李白了，当初两人相约一起拾

034

三夜频梦君，情亲见君意

瑶草之期已遥遥无期，一别各天涯，不知道何日才能重逢：

寂寞书斋里，终朝独尔思。

更寻嘉树传，不忘角弓诗。

短褐风霜入，还丹日月迟。

未因乘兴去，空有鹿门期。

——杜甫《冬日有怀李白》

公元 747 年春，长安城里凌冽的寒风终于慢慢停歇，光秃秃的树枝上也开始泛着绿意。四季轮回，年岁往复，杜甫时刻清醒地察觉到周身的一切都在不断变幻，记忆的锚点却牢牢定格在与李白分别的那个秋天。如今，我在渭北独对着春日的树木，而你在江东远望那日暮薄云，天各一方，只能遥相思念。

白也诗无敌，飘然思不群。

清新庾开府，俊逸鲍参军。

渭北春天树，江东日暮云。

何时一樽酒，重与细论文。

——杜甫《春日忆李白》

035

长安
月下
与君逢

　　宋朝人蔡宽夫有一次在旅途中，跟同行聊起杜甫的诗，他说
自己不能理解这首《春日忆李白》，既然说李白的诗天下无敌，
为何又说他像鲍照、庾信呢？其中有人回答他说："庾不能俊逸，
鲍不能清新，白能兼之，此其所以无敌也。"

　　这一年春天，孔巢父称病辞官，欲离长安，杜甫黯然送他。
早年孔巢父曾和李白隐居山东徂徕山，此时李白正云游浙东，觉
得孔巢父辞官一定会去找太白的杜甫，跟孔巢父殷殷叮嘱，你如
果在浙江绍兴的禹穴见到李白，一定要帮我问问，他现在过得怎
么样啊——"南寻禹穴见李白，道甫问讯今何如！"

　　然而，想要从他人处听闻李白的消息，也只是杜甫的一种奢望。

　　当长安倾城以后，李白追随永王而去。而永王闻孔巢父贤能，
请其出山，巢父知其必败，退身潜遁。

　　果然永王兵败，李白被流放夜郎。

　　孔巢父为扶救社稷，再度复出，曾去说服田悦叛将，当李怀

036

光叛乱时，孔巢父再度深入虎穴，舍身为国劝降平叛，终被李怀光部众杀害。死后，朝廷封其谥号为"忠"，被称为"知君名宦"。

杜甫曾夸孔巢父："诗卷长留天地间"，但是孔巢父一首诗都没留下，他是大唐杰出的政治家，不像李白天真浪漫。

李白在去夜郎途中，以贬谪之身在黄鹤楼上听笛，感叹命运弄人时，随着战乱浮浮沉沉的杜甫终是弃官而去，他听到了李白被贬的消息。此时，距他们上一次见面已过去十四年光阴。这么多年，似乎如鱼相忘江湖，李白彻底在诗里忘记了杜甫，而杜甫给别人写诗时，依旧说起他的太白，提及两人曾经一起同眠同行。

十四年不说，不代表我已忘记。听到李白消息的这一夜，杜甫忽然梦见他来了，他这一来，就打开了杜甫封存的思念，十四年的辗转反侧，十四年的辛酸煎熬，都在此刻瞬间倾泻：

死别已吞声，生别常恻恻。江南瘴疠地，逐客无消息。
故人入我梦，明我长相忆。恐非平生魂，路远不可测。
魂来枫林青，魂返关塞黑。君今在罗网，何以有羽翼？

长安
月下
与君逢

落月满屋梁，犹疑照颜色。水深波浪阔，无使蛟龙得。

——杜甫《梦李白二首·其一》

这个时候的杜甫在梦中见到李白是那么惊喜，又是那么忧虑——你明明是在流放途中，却又怎能生得羽翼出现在我面前？难道这是李白死去的魂魄，从西南青枫林飘来，看完故人后，又从此处关山黑地飘回？

杜甫陡然惊醒，唯看见落满月色清辉的屋梁，明晃晃的月光中，好像看到了李白憔悴的容颜，凝神细看，才知道是自己恍惚中的错觉。梦醒之后说不清是惊喜更多，还是失落更多，死别让人泣不成声，而生离也常令人痛彻心扉。

他许他孤独深处一场空欢喜，而他不悔此生枉费深情，只愿人世间，岁月里，有他。

此后，杜甫连着三夜都梦见了李白：浮云一别后，流水十年间，我失去你的消息很久了。现在却频频梦见你来看我，梦里我看到你对我情深义重，更是让我沉溺其中。

三夜频梦君，情亲见君意

在梦中，每次你辞别的时候都局促不安，跟我说来此相会是如何艰辛不易。还跟我说江湖上风波险阻，担心沉舟坠水。我看你出门时总是挠着白头，为辜负平生壮志而怅恨。

看看这京城里，到处都是达官贵人的高冠华盖。而当初如日月耀眼的酒中仙却这般枯槁惨淡，困顿不堪，无路可走，实在让我心痛难忍！谁说天网恢恢疏而不漏？你将老之身反被牵连受罪。千秋万代的声名，也不过是寂寞身亡后的安慰。

浮云终日行，游子久不至。三夜频梦君，情亲见君意。

告归常局促，苦道来不易。江湖多风波，舟楫恐失坠。

出门搔白首，若负平生志。冠盖满京华，斯人独憔悴。

孰云网恢恢，将老身反累。千秋万岁名，寂寞身后事。

——杜甫《梦李白二首·其二》

《西清诗话》云："李太白历见司马子微、谢自然、贺知章。或以为可与神游八极之表，或以为谪仙人，其风神超迈，英爽可知。后世词人，状者多矣，亦间于丹青见之，俱不若少陵云：'落

长安
月下
与君逢

月满屋梁，犹疑照颜色。'熟味之，百世之下，想见风采。此与
李太白传神诗也。"

公元 759 年的一个深夜，成都的浣花草堂里，一个诗人陡然
惊醒，披衣下床，以诗写下关于另一个男人的梦境，写完后，他
的妻子迟迟等不到他上床，起身寻找，见他正呆呆地盯着屋梁，
而那里除了千里而来的明月外，什么也没有。

在杜甫苦苦担心时，李白已经行至白帝城，忽然得知自己被
赦免的消息，惊喜不已。两岸猿声还在耳边不停回荡，他已经驾
着轻舟驶过山水万重返回江陵。

看着天的尽头，凉风阵阵袭来，杜甫已经知道李白被赦免的
消息，却还是想问问他现在过得怎么样，不知传信的鸿雁几时能到。
江湖上风多浪大，还望多珍重啊：

凉风起天末，君子意如何？鸿雁几时到？江湖秋水多。
文章憎命达，魑魅喜人过。应共冤魂语，投诗赠汨罗。

——杜甫《天末怀李白》

他跟李白说文才卓绝之人多薄命，鬼魅之徒最喜揪人之错。你跟沉冤的屈原命运相同，应投诗到汨罗江，诉说冤屈与不平。

这段时期，杜甫频频写诗，把多年积压在心里的情愫一吐而尽，一首《寄李十二白二十韵》，赞美李白的旷世才华，回顾了李白的半生，又回顾了自己和李白的相遇，同时愤然而起，为李白晚年不幸的遭遇辩护伸冤。一首慷慨激昂的长诗将自己对李白的情义推到了高潮：

昔年有狂客，号尔谪仙人。笔落惊风雨，诗成泣鬼神。

声名从此大，汩没一朝伸。文彩承殊渥，流传必绝伦。

龙舟移棹晚，兽锦夺袍新。白日来深殿，青云满后尘。

乞归优诏许，遇我宿心亲。未负幽栖志，兼全宠辱身。

剧谈怜野逸，嗜酒见天真。醉舞梁园夜，行歌泗水春。

才高心不展，道屈善无邻。处士祢衡俊，诸生原宪贫。

稻粱求未足，薏苡谤何频。五岭炎蒸地，三危放逐臣。

几年遭鹏鸟，独泣向麒麟。苏武先还汉，黄公岂事秦。

楚筵辞醴日，梁狱上书辰。已用当时法，谁将此义陈。

长安
月下
与君逢

老吟秋月下，病起暮江滨。莫怪恩波隔，乘槎与问津。

当年那些快意长歌，那些笑傲顾盼，都在时光中褪色，唯独越来越深刻的是情之一线，刻骨以相思。

多年以后，李白是否还会记起，杜甫来寻被皇帝赐金放还的自己，初露头角的杜甫，站在自己面前，枯瘦的年轻人脸上泛着微红，倾慕地望着自己说："我叫杜二甫，字子美。"

天宝三年，他们初见，太阳般灿烂辉煌的李白站在杜甫面前，如仙人贬谪凡间。"珠玉在侧，觉我形秽"，杜甫怯怯地跟偶像解释说，我两年都旅居东都，所经历的那些投机取巧的事，实在让人厌恶。我是个山野之人，即使常常连粗食都吃不饱，也是不会吃变质的荤腥。我也吃不起青精饭，让脸色好看一点。而那些炼丹的妙药更没有了，连山林里都像被打扫干净了一样，连药物的痕迹都没有。

这一番解释又像是终于见到心心念念的那人而倾诉埋藏在心里的经年苦楚。然后杜甫又殷切地跟李白说，你已离开了金马门，

三夜频梦君，情亲见君意

如金蝉脱了官身，独隐山林。你打算要去梁宋访道求仙，我也想像东方朔和老友相约一样，与你一起去拾草——

二年客东都，所历厌机巧。野人对膻腥，蔬食常不饱。

岂无青精饭，使我颜色好。苦乏大药资，山林迹如扫。

李侯金闺彦，脱身事幽讨。亦有梁宋游，方期拾瑶草。

——杜甫《赠李白》

杜甫跟着李白登山览古，把酒寻欢，在绣鞍骢马一声嘶、满身兰麝醉如泥里空度日。跟着他访仙问道，钻研他自己本不热衷却是太白最喜的炼丹之术。

于杜甫而言，李白是启晨光于积晦、澄百流以一源的所在。如若自己是夜，他就是太阳，照耀着自己漫长人生里所汜渡的暗暗路途。其实，当月亮遇见太阳，也会闪耀出光芒。所以，他们这一场结交，被后世无数人赞美，世人称之为太阳和月亮的相遇。闻一多说："四千年的历史里，除了孔子见老子，没有比这两人的会面，更重大，更神圣，更可纪念的。我们再逼紧我们的想象，

043

长安
月下
与君逢

譬如说，青天里太阳和月亮碰了头，那么，尘世上不知要焚起多少香案，不知有多少人要望天遥拜，说是皇天的祥瑞。"

我没有看到他们两个相撞，撞出怎样天崩地裂的火花，我只看到一个诗人的视线紧紧追随另一个诗人，有如月追着日，为那光洒在自己身上而温暖。

那月色千里，照见他秦淮河白衣宫锦袍，于舟中顾瞻笑傲，旁若无人；照见他与崔成甫舍舟共连袂，行上南渡桥；照见他啼不住的两岸猿声；照见他轻舟已过万重山；照见他且就洞庭赊月色，将船买酒白云边；照见他临终一曲大鹏飞兮振八裔，中天摧兮力不济。月亮一直静静地看着，他无数次举头望明月，无数次低头思故乡，却不知自己是那个一直在看着他的人的心乡。

他们遇见的那一年，杜甫三十三岁，李白四十四岁。

明末学者仇兆鳌遗憾李白没有在杜甫写诗的最好年龄遇到他，他在想，如果李白能见到杜甫老了以后写诗的成就，他是不是也会为他倾倒啊，而不是敷衍两诗离去："太白集中，有寄少陵二章，

044

一是《鲁郡石门送杜》，一是《沙丘城下寄杜》，皆一时刻应之篇，无甚出色，亦可见两公交情，李疏旷而杜剀切矣。至于天宝之后，间关秦蜀，杜年愈多而诗学愈精，惜太白未之见耳。若使再有赠答，其推服少陵，不知当如何倾倒耶！"

他们错位十年，当二十六岁的李白在江南千金散尽为寻欢时，十五岁的杜甫还是个少年，庭前八月梨枣熟，一日上树能千回。

又十年以后，三十六岁的李白，此时只劝千里寻访的朋友："人生得意须尽欢，莫使金樽空对月。"而二十五岁的杜甫，刻苦钻研学问，写下："欲觉闻晨钟，令人发深省。"

又将近十年以后，他们在东都洛阳相遇。

人们翘首以盼的相遇，终因前浪后浪的错位就搁浅了千载难逢的机缘。徒留人间之憾、时间之憾。

公元 761 年，住在浣花草堂穷困潦倒的杜甫写下最后一首思念李白的诗：

长安
月下
与君逢

不见李生久，佯狂真可哀。

世人皆欲杀，吾意独怜才。

敏捷诗千首，飘零酒一杯。

匡山读书处，头白好归来。

——杜甫《不见》

他为他的憔悴而感伤，却忘了自己形容枯槁、心力交瘁，他
早已不是那个当年在光芒四射的李太白面前，因自卑自己没有好
颜色而诺诺解释的人了。

此时的杜甫经历了太多人生的悲苦，他在长安困顿了十年，
才得到个管盔甲仓库的小职，然后又碰到安史之乱，在颠沛流离
中被叛军抓获，一年后才逃出，投奔唐肃宗，得到个拾遗的官位，
掌供奉讽谏、荐举人才。可没干几天，他一再为那个带四万兵打
安禄山却全军覆没的布衣之交房琯辩护，于是被贬到华州做个管
教育和祭祀的小官，实在当得没意思，杜甫就自己辞职离去。此
后辗转漂泊，还因为饥荒差点饿死，最后逃难到成都，靠好友和
地方官员相助，建起了自己的浣花草堂。在这里茅屋被秋风所破，

三夜频梦君，情亲见君意

他却又怀着安得广厦千万间、大庇天下寒士俱欢颜的胸怀活着。

他以穷苦之身，悲悯众生，又以执念之心，独怜李生。

《旧唐书》评论杜甫"性褊躁，无器度"，他的心其实也装不下多少人的，但他却在这漫长的不相见的余生里，也献出一片赤诚，翻看他的诗，一生最深的诗情都给了李白。尽管那个人从未回应，却不妨碍他热爱他，他更行更远而他情更生。

公元762年，李白去世，有说他在当涂病死，有说他醉月沉湖。

他去世后，杜甫无诗，在情之绝境，杜甫往往无诗以对，一次是生离，一次是死别。

君为已矣，余为苟生

刘禹锡

柳宗元

暗夜里各自独行一座深山，中间隔着不能渡过的逝水，却能在空山里听见彼此的呼应，一时春鸟齐鸣，人间不再孤寂。

长安玄都观的桃花开了，刘禹锡和柳宗元相约着去看桃花。踏着草长莺飞的长安紫陌，繁华红尘扑面而来，两人穿过络绎不绝的看花归的人流，站在千树万树桃花之前，刘禹锡抑制不住自己亲觐这壮丽岁月的惊喜，作诗云：

　　紫陌红尘拂面来，无人不道看花回。

　　玄都观里桃千树，尽是刘郎去后栽。

　　——刘禹锡《元和十年自朗州召至京，戏赠看花诸君子》

　　他和柳宗元曾同是天涯沦落人，十来年前南渡客，四千里外

长安
月下
与君逢

北归人，而此刻却能站在这千丈软红之前，一起共享这孤荣春软的年华。

当年他们是同榜进士，一起做监察御史，心志偕同，追欢相续，或秋月衔觞，或春日驰毂，又龙骧麟振，踏于大唐的风云之上，一起推进大唐的变革。后来刘禹锡跟朋友怀念起这段意气风发的日子说："昔年意气结群英，几度朝回一字行。"

只是风云变幻莫测，支持他们改革的皇帝唐顺宗被逼退位后，二人瞬间从天宇坠落，一起落拓入江湖。他们掀起的"永贞革新"昙花一现，只维持了一百多天，之后的漫天风雨淋湿了他们的余生，从此青草湖中万里程，黄梅雨里二人行。

刘禹锡被贬为朗州（今湖南省常德市）司马，柳宗元为永州（今湖南省永州市零陵区）司马，一起被贬的还有六人，史称"八司马"。

曾经一起行云天穹，如今如鱼入潭，却不相忘于江湖，两人互相勉励着，只把天涯作咫尺。当时在朗州的刘禹锡看着参与变革的朋友接连被贬，甚至被杀，乃至最后连支持他们的顺宗也猝死而去。他满心悲愤，愤然大呼："吾观自曹魏以来，执死生之柄者，用一恚而杀材能众矣。"柳宗元把自己写的一篇悼念朋友故去的文章寄给他，通篇说的是善弹筝的朋友之事，刘禹锡却听到柳宗元心底为自己弹响的弦外之曲，"人亡而器存，布方册者是已。予之伊郁也，岂独为郭师发耶？想足下因仆书，重有慨耳。"

暗夜里各自独行一座深山之中，中间隔着不能渡过的逝水，却能在空山里听见彼此的呼应，一时春鸟齐鸣，人间不再孤寂。

他们的书信来来往往，谈天、谈地、谈人生的哲理，一如当年打马并行在长安街上，热烈地讨论学术、切磋诗文一样，所以收到柳宗元诗文的刘禹锡说："相思之苦怀，胶结赘聚，至是泮然以销，所不如晤言者亡几。"

虽然不相见，却一直没分离，只要能看见你的字就是好的。柳宗元曾送一方砚台给刘禹锡，让他好好写文，刘禹锡给他写了一首答谢诗：

长安
月下
与君逢

常时同砚席，寄砚感离群。

清越敲寒玉，参差叠碧云。

烟岚余斐亹，水墨两氤氲。

好与陶贞白，松窗写紫文。

——刘禹锡《谢柳子厚寄叠石砚》

如今，他们的文章确实水墨氤氲，纸落云烟，二人携手在水墨江湖上，成为同舟共济人。一荣俱送，一损俱损，直至把生命交付，也在所不惜。

后来唐宪宗想起了他们，又将二人召回。他们相携一起回京的路上，经过善谑驿，听说战国时对齐威王说"不鸣则已，一鸣惊人"的齐国入赘女婿淳于髡就埋在此官道之畔，刘禹锡和柳宗元便拎着一石酒一起去拜坟。

在墓前，刘禹锡说淳于髡：

生为齐赘婿，死作楚先贤。

应以客卿葬，故临官道边。

君为已矣，余为苟生

寓言本多兴，放意能合权。

我有一石酒，置君坟树前。

——刘禹锡《题淳于髡墓》

拎一石酒是因为淳于髡曾对齐威王说自己：赐酒大王之前，执法在旁，御史在后，我恐惧俯伏而饮，不过一斗径醉。若朋友交游，久不相见，卒然相睹，欢然道故，私情相语，饮可五六斗径醉矣。如果是乡间盛会，男女杂坐，无拘无束，席间还有六博、投壶等娱乐项目，我心中高兴，大概喝到八斗才有两三分醉意。天色已晚，酒席将散，酒杯碰在一起，人们靠在一起，男女同席，鞋子相叠，杯盘狼藉，堂上烛灭，主人留我而送客，罗襦襟解，微微地闻到一阵香气，这个时刻，我心里最欢快，能喝一石。

柳宗元在一旁和梦得的诗：

水上鹄已去，亭中鸟又鸣。

辞因使楚重，名为救齐成。

荒垄遽千古，羽觞难再倾。

长安
月下
与君逢

刘伶今日意，异代是同声。

——柳宗元《善谑驿和刘梦得酹淳于先生》

姜太公以半生等待遇见他的周文王，淳于髡以赘婿之身遇见他的齐威王，而我们剖心沥胆想要遇见的王在哪里？一鸣惊人的鸟已从江湖离去，而身处朝堂的我们"鸣了又鸣"，却没人再为我们惊动，刘伶醉酒避乱世，而我们也在这一石酒里醉生梦死吧。

是的，在这个时代里，他们为了想要遇见的王而来到长安，但他们没有遇见心中的王，他们遇见了彼此。

姜太公与周文王、淳于髡与齐威王的相逢是知遇之情，而他们遇见了彼此，也得到了知己之情，人间传扬的不是他们遇见的王有多显赫，传扬的只有这份情，只有情可亘古成璞玉，名利皆化作了浮尘。

回到长安，两个人站在大明宫含元殿翔鸾、栖凤二阙之下，听着报晓之人锤响三千鼓声催百官上早朝，望着威武的仪仗队彩旗猎猎，刘禹锡感慨万千，对柳宗元说，时光如逝水，再回到此地，

君为已矣，余为苟生

我们都老了：

> 彩仗神旗猎晓风，鸡人一唱鼓蓬蓬。
>
> 铜壶漏水何时歇？如此相催即老翁。
>
> ——刘禹锡《阙下口号呈柳仪曹》

时不我待，可是又有谁能让他们不再等待？

三月，他们一起在红尘繁盛处看了桃花，然后这繁华就像刘禹锡说的城东桃李须臾尽，他们的花团锦簇的时代很快就落花寂寂委青苔。

因为那首桃花诗，让一直对启用旧人而犹豫不定的新皇，受不了这旧人诗词里的讽刺，"尽是刘郎去后栽"。宪宗本是通过逼宫方式登上皇位的人，他跟永贞党人本有宿怨，这次又觉得刘禹锡在讽刺自己。于是大怒，将刘禹锡贬到了更远更苦的播州，也就是现在的遵义一带，连同柳宗元也被贬到了广西柳州。

刘禹锡说当时的情形："一坐飞语，如冲骇机。"

长安
月下
与君逢

收到诏书的刘禹锡，非常惊恐，他跟朋友说："昨者诏书始下，惊惧失次。叫阍无路，挤壑是虞。"他埋怨自己"智乏周身，动必招悔"，最让他感到后悔的是，跟他一起受苦的还有他的老母亲，还有柳宗元。

柳宗元得知自己被贬至柳州，而刘禹锡远谪播州时，不禁大哭起来……

他哭不是为了自己，只是因为："禹锡有母年高，今为郡蛮方，西南绝域，往复万里，如何与母偕行。如母子异方，便为永诀。吾与禹锡为执友，胡忍见其若是？"说应该照顾刘禹锡还有年迈的母亲，不能让他老母亲跟他一起去那边远之地。

于是，柳宗元向朝廷请示，希望跟刘禹锡换一换："愿以柳易播，虽重得罪，死不恨。"其他也有人帮着刘禹锡说话，如此刘禹锡得以改贬到广东的连州。

柳宗元还比刘禹锡小一岁，但他却是这样地勇于担待。诸葛亮云："士之相知，温不增华，寒不改叶，能四时而不衰，历夷险而益固。"情义如此之美，值得为之粉身碎骨。

这件事，是韩愈为柳宗元写《柳子厚墓志铭》时提起来的。他们两人之间再大的情也从不言谢，只有为此感动的韩愈为他们把这事记了下来，流传后世，要人间记住，曾经有一份如此纯粹又耀眼的情谊。

他们是矜持的，不像白居易和元稹要约三生不了情，不像李白大声把爱说出来，他们很少言情，却用不忍对方受苦甘用己身替代的行动，表达最坚韧、最炙热、最纯粹、最深厚的情义。

他们一起离开了长安，一路相送到了衡阳。在东汉的伏波将军率领军队攻打越南曾走过的路上，二人打算分开了。看着神道两侧埋在荒草堆里的石像，顿感壮志未酬的柳宗元跟刘禹锡说以后我们都不要再想着写文字出名了，这样就不会再分别了，可是说着说着，柳宗元自己的眼泪先流了下来，打湿了他的帽子系带：

十年憔悴到秦京，谁料翻为岭外行。
伏波故道风烟在，翁仲遗墟草树平。

直以慵疏招物议，休将文字占时名。

今朝不用临河别，垂泪千行便濯缨。

——柳宗元《衡阳与梦得分路赠别》

此时，一行大雁破空行来，两个人并影荒郊，一起定定地仰望着北归的大雁，直至它们消失在天际，刘禹锡转头对柳宗元说，离乡客遇归雁，断肠人遇猿啼，人生难堪此般相遇啊：

去国十年同赴召，渡湘千里又分岐。

重临事异黄丞相，三黜名惭柳士师。

归目并随回雁尽，愁肠正遇断猿时。

桂江东过连山下，相望长吟有所思。

——刘禹锡《再授连州至衡阳酬柳柳州赠别》

我们分离十年后同赴长安，又一起渡千里湘江在此分别。背负罪名的我们不像西汉清明的黄丞相，只如春秋三次遭贬而被污了声名的柳下惠。你去的桂江和我在的连山相隔迢递，能让它们相遇的正是相思，也唯有相思——此山不在彼水之下，却都共在一处相思中。

我会想你的，你也一定要想我，如果你不想我，我就遥想桂江，天天吟唱《有所思》："闻君有他心，拉杂摧烧之。摧烧之，当风扬其灰。从今以往，勿复相思，相思与君绝！"

这个时候刘禹锡跟柳宗元提《有所思》，可想而知，他有多怕，此去千里，从此如鱼相忘江湖，樽前花下长相见，明日忽为千里人，曾经心心念念的人再没有交集，这是离别最大的悲剧。此时，他未曾想到，他们从未相忘，但此生再不相见。

因为知道此行一去，难再相逢，两人迟迟徘徊在衡阳，不想分离，唯写诗又写诗。柳宗元再写《重别梦得》，"二十年来万事同，今朝歧路忽西东。皇恩若许归田去，晚岁当为邻舍翁。"

二十年前他们同时中进士，而如今兜兜转转，又都回到原点，曾经一直在分离中，此后也将在分离中，人生总是离别时，似乎遇见你，就是为了在此后漫长分别的岁月里彼此思念。我们相遇

长安
月下
与君逢

不是为了在一起而相遇，而是为了相思相遇。柳宗元跟梦得相约
说如果可以解甲归田，我希望我们还在一起，从此不相思。

刘禹锡应了此约，说以后我们一起耕田，一起弃世，头顶稀
黄的头发，彼此相望，万事皆休：

弱冠同怀长者忧，临岐回想尽悠悠。

耦耕若便遗身老，黄发相看万事休。

——刘禹锡《重答柳柳州》

那些年轻的梦想此刻想起都是天地悠悠，独剩怆然，此后的
理想是我与你一起耕田相守，携手赴老。

柳宗元说，是啊，以为读书有梦想，如今皆被其误，经历那么多，
万事皆非。唯一真实的期盼是，今日一别，何年我能等到你归来：

信书成自误，经事渐知非。

今日临岐别，何年待汝归。

——柳宗元《三赠刘员外》

062

刘禹锡心有戚戚，伯玉年方五十而知四十九年之非，如今我们比他还早知前尘皆非，欲渡湘江而去，恨比张衡《四愁》还多："我所思兮在桂林，欲往从之湘水深，侧身南望涕沾襟。"什么时候我们一起休官，一起逃脱尘网：

> 年方伯玉早，恨比四愁多。
>
> 会待休车骑，相随出罻罗。
>
> ——刘禹锡《答柳子厚》

此去一别，就成永诀，他们再没相见。曾经的约定，只在红尘以外等候。

衡阳一别，刘禹锡越过五岭，南下连州，而柳宗元沿湘江而上，到达柳州。

从此，柳宗元和刘禹锡只能以书信往来聊作晤言。

各在天涯海角，连通信都很困难，但距离却在拉伸他们情义的长度，不影响他们文字传言，一生心事在书题。而当黼黻文章

长安
月下
与君逢

千辛万苦地递来，都是在谈人间大道，谈天论，谈周易，有限的尺牍里不够言情，却够他们一起龙骧虎视，神游四海。

柳宗元抵达柳州后，看着"岁地峭竖，林立田野"的桂林山水，心中堆积的块垒被柳江冲塌，他重燃起治理一方的激情。又想到，只怕此刻梦得也在连州山水里，与他一样，眺望着此刻属于自己的山河。与他命运息息相关这么久，柳宗元突然觉得他和梦得是人间难得的一对，他写信给刘禹锡说，想想我们总是相连的命运，就像并连的美玉，现在又被朝廷授予官职，一同到岭外管理一个小小的地方：

连璧本难双，分符刺小邦。

崩云下漓水，劈箭上浮江。

负弩啼寒狖，鸣枪惊夜狵。

遥怜郡山好，谢守但临窗。

——柳宗元《答刘连州邦字》

离开你之后，我的小船踏着层层飞浪，顺着漓江南下。又如

064

君为已矣，余为苟生

一支利箭冲破急流逆着浔江上行。此刻我已站在我的江山面前，我要背起弩箭治理着鹰啼猿嚎的穷乡僻壤，要拿起木梆击鼓，驱赶野兽保护此方山水的平安。遥想连州的好山水，你是否也如那永嘉太守谢灵运一样临窗作得山水诗？

但是再多的激情，也挡不住思乡之苦。一天，柳宗元跟朋友看着桂林一座座剑芒一般的山，一簇簇散落在沧海之畔，他突然想："若为化得身千亿，散上峰头望故乡。"

在这里太寂寞了，唯一期盼的就是好友的来信，可是他登上柳州城楼，如海如天的愁思渺渺茫茫铺天盖地。一阵急风吹来掀起了水中的荷花，密密的雨斜斜打在长满薜荔的墙上，让柳宗元的一颗心如一叶孤舟遇惊风而愈加风雨飘摇。他想要望见千里之外，可是一丛丛山岭之树密密遮挡了前程，再望那江水却像回肠九转。我们虽然一起到的是人喜文身的百越之地，可是音书却依然阻滞难通：

城上高楼接大荒，海天愁思正茫茫。

长安
月下
与君逢

惊风乱飐芙蓉水，密雨斜侵薜荔墙。

岭树重遮千里目，江流曲似九回肠。

共来百越文身地，犹自音书滞一乡。

——柳宗元《登柳州城楼寄漳汀封连四州》

后来，他们之间书信的联系开始顺畅，柳宗元写得一手好书法，时人称尤长于章草，为时所宝。刘禹锡想让自己的孩子跟柳宗元学学书法，就让柳宗元把他的墨宝寄给自己。他跟柳宗元说，我希望孩子能练好书法，想要跟王羲之一样手书《乐毅论》给女儿官奴学习书法。所以你的书法我都让孩子好好临摹着呢：

日日临池弄小雏，还思写论付官奴。

柳家新样元和脚，且尽姜芽敛手徒。（姜芽指小孩子柔嫩的小手。）

——刘禹锡《酬柳柳州家鸡之赠》

柳宗元回了梦得一句："世上悠悠不识真，姜芽尽是捧心人。"

这就是他们的水墨山水，水声在山间，山影在水上。

君为已矣，余为苟生

后来，在柳宗元去世三年后，有一个僧人到了永州，看到永州柳宗元的旧居里残败的墙壁上尚有几行子厚的笔迹，回来跟刘禹锡提起，刘禹锡神色黯然说：

草圣数行留坏壁，木奴千树属邻家。

唯见里门通德榜，残阳寂寞出樵车。

——刘禹锡《伤愚溪三首》

多少年过去，你留下的墨迹还在，曾经你进进出出的大门也还在，可是现在进进出出的却只有拉柴车了。蓦然回首，身后只有琉璃火，未央天，灯火还在阑珊，却没那人行来姗姗。

刘禹锡有收集医方的爱好，柳宗元就有心地为他收集，还亲自试验验证疗效后，将其中有用的《治霍乱盐汤方》《治疗疮方》《治脚气方》寄给他收录。

如此，他们平平淡淡地度过了四年时光，这四年里，他们之间的书信往来也"箧盈草隶，架满文篇"。只是谈天，谈地，唯独很少谈他们自己，诗词的来往并没有饱含多浓烈的情感。有时候，总认为明日还有重聚的希望，自己只是暂时放手，暂时转身，彼此之间很多话此时没说，以后还有机会再说，还有很多时间可供相遇。可是有时候，就在于那么一次，在你放手，一转身的刹那，太阳落下去，而在它重新升起以前，有些人，就从此和你永远分开了，你再回首，再没有那人在灯火阑珊处了。而你还有很多话，却来不及说出来。当刘禹锡对柳子厚说那些话的时候，柳子厚已经听不到了。而柳子厚还有些想跟刘禹锡说的话也来不及说出来了。

公元 819 年，柳宗元病情恶化，临终前，写下遗嘱，要仆人在他死后将书稿交与刘禹锡，信中说："我不幸，卒以谪死，以遗草累故人。"

此时的刘禹锡正扶着母亲的灵柩行走在回洛阳的路上。当他经过衡阳时，遇见了这位送信的仆人，刘禹锡还以为是像子厚原来说好的那样，说他在路上，会收到子厚写的想要对他说的话。可是当他接到信，才发现不是子厚的愿言，竟是讣告！

刘禹锡不能自抑地发狂大哭起来。怎么可能？在我母亲去世时，你还三次派人来安慰我，还担心我的病，还跟我说会再写信给我，说想要说的话，怎么可能？我没看到你想要对我说的话，看到的却是冷冰冰的一纸讣书。

子厚想要对梦得说的话，梦得也再也听不到了，那些话就与那人从此擦肩而过，两处茫茫皆不见：

呜呼痛哉！嗟予不天，甫遭闵凶。未离所部，三使来吊。忧我衰病，谕以苦言。情深礼至，款密重复。期以中路，更申愿言。途次衡阳，云有柳使。谓复前约，忽承讣书，惊号大叫，如得狂病。良久问故，百哀攻中。涕洟进落，魂魄震越。伸纸穷竟，得君遗书。绝弦之音，凄怆彻骨。

——刘禹锡《祭柳员外文》

他不知如何排解这种突至之痛，唯有以大号惨烈地撕开碧落黄泉，问天问地，问子厚，你怎么就这么走了！你怎么能这么走了！

他们之间还有那么多话没说，刘梦得在子厚生前不觉，在子厚死后顿觉自己其实有很多想说的话，此时即使子厚听不见了，

长安
月下
与君逢

梦得也停不下来地想要倾吐出来。

他在给白居易写的诗里说："展转相忆心，月明千万里。"

说："报白君，相思空望嵩丘云。其奈钱塘苏小小，忆君泪点石榴裙。"

说："寻常相见意殷勤，别后相思梦更频。每遇登临好风景，羡他天性少情人。"

在给令狐楚的诗里说："千里相思难命驾，七言诗里寄深情。"

说："一纸书封四句诗，芳晨对酒远相思。长吟尽日西南望，犹及残春花落时。"

但是这些深情的话，他没有跟一直与他同甘共苦的子厚说过："呜呼子厚！我有一言，君其闻否？唯君平昔，聪明绝人。今虽化去，夫岂无物！意君所死，乃形质耳。魂气何托，听余哀词。"

子厚，你这么聪明的人，虽然羽化而去，可是化去的是你的身，你的魂一定还在的，一定要听到我对你说的话啊："呜呼子厚！卿真死矣！终我此生，无相见矣。何人不达？使君终否。何人不老？使君夭死。皇天后土，胡宁忍此！知悲无益，奈恨无已。子之不闻，余心不理。含酸执笔，辄复中止。誓使周六，同于己子。魂兮来思，知我深旨。呜呼哀哉！"

樽前花下长想见，明日忽为忘川人。君过奈河回首望，心城犹自有残春。佛经云守护心城，离生死故。此刻为你，我只愿倾城以恸，生死之痛。

然而，想说的千言万语，此刻反而不知如何再说，刘禹锡唯以长号数声，送他渡忘川："唯我之哭，非吊非伤。来与君言，不成言哭。千哀万恨，寄以一声。唯识真者，乃相知耳……一以诚告，君倘闻乎？呜呼痛哉！君为已矣，余为苟生。何以言别，长号数声。冀乎异日，展我哀诚。"

人间几度春秋，明月几度圆缺，偏偏无语以度，如今即使沧海桑田，即使日殒星沉，那人再也听不到你说的这些话了。

071

长安
月下
与君逢

"昔者与君，交臂相得。一言一笑，未始有极。驰声日下，骛名天衢。射策差池，高科齐驱。携手书殿，分曹蓝曲。心志谐同，追欢相续。或秋月衔觞，或春日驰毂……"

这是刘禹锡替别人写的祭奠柳宗元的祭文，在祭文中，刘禹锡忍不住怀念起自己与柳宗元手牵手的日子，一言一笑，从不能忘。当时两人驰名长安，逐名朝堂。高中进士之后并驾齐驱，携手进集贤殿书院。共同的兴趣爱好，让他们一起日日寻欢。或秋月下衔杯喝酒，或春日里一起坐车踏春。

那些美好的日子都不见了，也曾约定好一起去看桃花，一起再见宫廷仪仗队的彩旗飘飘，可是突然天人永隔，再无相遇的可能。

子厚啊，多希望你在梦中来看我，我做人间的庄生，你做我梦中的蝴蝶，我们就能在梦中见面私语。那个时候希望能将一生的隐秘心事互相倾吐："驰神假梦，冀获寤语。平生密怀，愿君遣吐。"他指望红尘肉身与黄泉魂魄还能心有灵犀，他以为心中有爱就能穿越时光。可是彼岸有君，君又何在？

君为已矣，余为苟生

八个月后，刘禹锡还是不能从子厚之死的打击里缓过来，他不能相信子厚就这样走了，总以为他还在远方默默地给自己写诗，再次撰写了《重祭柳员外文》："呜呼，自君之没，行已八月。每一念至，忽忽犹疑。今以丧来，使我临哭。安知世上，真有此事！既不可赎，翻哀独生。呜呼！"

他们的一生候朝阳之难遇，先晨露而佚散。草木无情，不识流年飞度，人间有情，才在生死之前哭得肝肠寸断。此种高山流水之悲，千载而下，令人腹痛。

刘禹锡一共为柳宗元写了两次祭文，还代人写了《祭柳员外文》，每一篇文里，都是泣血大恸。刘禹锡又给韩愈写信，让韩愈为柳宗元撰写了墓志铭，那件以柳州换播州的事情也就被记在了石碑上。而后刘禹锡花毕生之力，整理柳宗元的遗作，又全力筹资刊印，使其得以问世，是为《柳河东集》，刘禹锡写序说他的子厚："粲焉如繁星丽天，而芒寒色正。"他如繁星丽天，他如星光清冷纯洁。而他们，琉璃一生事，琥珀三生情。

073

长安
月下
与君逢

公元 819 年，衡阳，刘禹锡看着两个人的生离死别地，回忆起曾经站在这里目送子厚离开的情景，一次目送他渡江赴柳州，而这一次目送他渡过忘川，天涯藐藐，地角悠悠，生死两茫茫：

"元和乙未岁，与故人柳子厚临湘水为别。柳浮舟适柳州，余登陆赴连州。后五年，余从故道出桂岭，至前别处，而君没于南中，因赋诗以投吊。"

忆昨与故人，湘江岸头别。

我马映林嘶，君帆转山灭。

马嘶循故道，帆灭如流电。

千里江蓠春，故人今不见。

——刘禹锡《重至衡阳伤柳仪曹》

春去春来，花开花落，就像在我眼前，你已离去，了无痕迹；天地日月，青山长河，就像在我心中，你从未离去……

生生世世所眷恋的，不是拥有，而是那人还活着，这便是上

074

君为已矣，余为苟生

苍最仁慈的恩赐。

柳宗元去世后，刘禹锡独自活过了二十四年，二十四年里，他步步高升，回到了长安。距离上次离开长安，已经有十四年之久，十四年，一个女孩已经可以开花，而一个男孩也可以成熟，也能让刘禹锡失去最美的颜色。

当长安的桃花还在开的时候，他的桃花已经不见了。

刘禹锡再次来到玄都观，发现观中"荡然无复一树，唯兔葵、燕麦动摇于春风中耳，因再题二十八字"，即《再游玄都观》："百亩庭中半是苔，桃花净尽菜花开。种桃道士归何处？前度刘郎今又来。"

当年种桃花的和与他一起看桃花的人都已经不见了。他今天又来到这里，有人说他掩饰不了的得意，可我只看到他的悲，也许，他一直不想说出下面的结局，我今天已经来了。洒蹄骢马汗，没处看花来，可是那个看花的柳郎你在哪呢？年年岁岁花相似，

075

长安
月下
与君逢

岁岁年年人不同。

曾经他跟白居易一起登上登栖灵寺塔，两人可以相携笑着看
世间沧桑：

步步相携不觉难，九层云外倚阑干。

忽然笑语半天上，无限游人举眼看。

——刘禹锡《同乐天登栖灵寺塔》

唯独他与子厚，一直都是悲情终生。当自己的幸福终于来到
的时候，跟他共享的已不是一直跟自己受苦的那个人。

多年以后，有个僧人从柳子厚贬谪之地永州回来，跟刘禹锡
说起他去看了柳宗元的故居，说那里已不再是从前了。刘禹锡闻
此悲从中来，写下《伤愚溪三首》：

序：故人柳子厚之谪永州，得胜地，结茅树蔬，为沼沚，为台榭，
目曰愚溪。柳子没三年，有僧游零陵，告余曰："愚溪无复曩时矣！"
一闻僧言，悲不能自胜，遂以所闻为七言以寄恨：

君为已矣，余为苟生

其一，溪水悠悠春自来，草堂无主燕飞回。隔帘唯见中庭草，一树山榴依旧开。

其二，草圣数行留坏壁，木奴千树属邻家。唯见里门通德榜，残阳寂寞出樵车。

其三，柳门竹巷依依在，野草青苔日日多。纵有邻人解吹笛，山阳旧侣更谁过？

悠悠溪水还在，一树山榴还在，草圣数行还在，碰柑千树还在，柳门竹巷还在，唯独他不在了，离恨如苔绿渐浸渐渍还生。即使邻人善于吹笛，又有谁能够经过愚溪草堂时，像向秀那样感笛声而写思念嵇康的《思旧赋》呢？

再没有了。

吾爱孟夫子

李白

孟浩然

他们都是世间翛然而来、翛然而往客。翛然一生里，如鸟影渡寒塘，但在碧水青山里，琴声低回，引一人回眸，翛然一笑，于是一颗心就如沐春风绽放。人间近看，一个玉树临风，一个空谷幽兰，立在人世的浮光掠影里。人间远望，茫茫碧水上，苍苍横翠微。

公元 728 年，曲甍重檐的黄鹤楼，如一朵芙蓉，李白像一只蜻蜓栖停在芙蓉之上，定定望着长江之上，一叶扁舟顺流直下，他一直站着，看着那小船如涉江的芙蓉飘离而去，直至消失在地平线上，流落到另一方天涯。舸上载着被他大呼过"吾爱孟夫子"的孟浩然，如今他的爱正消失在逝水之上，有一种悲情如银河从他的心空倾泻而下，脱缰的诗情搅乱银河水，洒作满天星。在长江之上，涉江采芙蓉的李白采到了最感人心肺的诗笺：

故人西辞黄鹤楼，烟花三月下扬州。

长安
月下
与君逢

孤帆远影碧空尽，唯见长江天际流。

——《黄鹤楼送孟浩然之广陵》

曾经李白登上黄鹤楼，为崔颢一首《黄鹤楼》所折服。"昔
人已乘黄鹤去，此地空余黄鹤楼。黄鹤一去不复返，白云千载空
悠悠。晴川历历汉阳树，芳草萋萋鹦鹉洲。日暮乡关何处是，烟
波江上使人愁。"

登上黄鹤楼，看着桃花锦浪，长洲孤月，他想要粲花作诗，
却只有崔颢一诗从胸怀心谷里绽出来，他恨道："眼前有景道不得，
崔颢题诗在上头。"

但是当孟浩然乘着兰舟在长江上远去，李白满心只有与最珍
爱的知己分离的悲痛，那诗就不需要华丽的辞藻黼黻为章，只需
要他最真最深的感情流露，就具有最切入人心的力量。

此时此刻的李白遭遇了一回让人痛哭流涕的场景，写下了一
篇让杜鹃泣血的诗歌，同时与一个最爱的知己错肩而过，他的这
一刻抵达人生美学的巅峰了，只是最美的巅峰之上，唯剩断肠人。

人生至美，不在于将美收藏，待时过境迁美也会枯老成石，人生至美，在于用最深的感情将瞬息而逝的美切磋成玉。李白，在此刻，将万里长江裂帛成书，只为抒发他此刻胸中心谷崩裂的块垒，将万里长江断成绝弦，只为生命中最倾心的那人再难相逢。

此时李白二十八岁，而孟浩然已四十岁，他们认识不过一年，就已让李白愿倾一生最真的感情去诉说自己的深情。只是此时李白还是个崭露头角的年轻人，他还不敢那么奔放，只能默默地看着那人走远，自己在原地伫立遥望。

十余年以后，他已经声名鹊起，才敢放荡不羁地写下"我本楚狂人，凤歌笑孔丘"，才敢大声把爱说出来：

吾爱孟夫子，风流天下闻。

红颜弃轩冕，白首卧松云。

醉月频中圣，迷花不事君。

高山安可仰，徒此揖清芬。

——李白《赠孟浩然》

长安
月下
与君逢

　　我爱孟夫子，爱你的风流潇洒，爱你大好年华不为官冕车乘拘束的心志，爱你白发归山卧云的人生，爱你月夜频频醉饮却高洁的身姿，爱你迷花不事君的胸怀。你如高山一般让我仰望，我只愿做你足下之水拜揖你的芬芳。

　　此去经年，李白和孟浩然都经历了太多，曾经姹紫嫣红的梦想都成了断井颓垣，踯躅徘徊的李白听到了那人一个个放荡不羁的传说，他把他视为了自己的偶像。

　　当年孟浩然为了与朋友喝酒，选择放弃与李白一起到长安赴韩刺史的约，终致仕途于无成。而这个韩刺史却是李白心心念念"生不愿封万户侯，但愿一识韩荆州"的韩朝宗。所以当李白登上高高的金銮殿，他也敢让高力士脱靴。最后孟浩然敢为与朋友喝酒不顾性命，终大醉而亡，所以李白最后也敢乘酒捉月，沉水中。（说法之一）

　　孟浩然敢把生命用来称王，不是做奴隶，这种使灵魂不堕的是对生活的热爱，使灵魂闪闪发光的是冰雪人格。所以李白爱他，

084

爱他"微云淡河汉，疏雨滴梧桐"的惊句，爱他"夜来风雨声，花落知多少"的春晓，爱他"云梦掌中小，武陵花处迷"的红尘以外心，爱他"鱼行潭树下，猿挂岛藤间"之名利不挂身。

他们初识在襄阳鹿门山，鹿门山从此也因孟浩然隐居在此而有名，孟浩然不是仙，他只是把鹿门山当作他的陋室——"岩扉松径长寂寥，唯有幽人自来去。"而李白闻香而来，为他的诗而来。

两人一见如故，引为知己，只愿与君醉笑三千场。襄阳城里有好水好花好月，让人沉迷，最让人沉醉的却是这里的酒，而最可爱的就是孟浩然醉酒的样子，歪歪倒倒全都落在李白的眼里："山公醉酒时，酩酊高阳下。头上白接篱，倒著还骑马……山公欲上马，笑杀襄阳儿。"跟着笑倒在一旁的李白，抑制不住对这人的欢喜，感叹竟然可以有这样落拓不羁的人生！敝屣荣华，浮云生死，此身何惧。所以，等后来李白再到襄阳，求仕未成时，也要在此地高歌一曲《襄阳歌》，独自一人秉酒忘红尘："清风朗月不用一钱买，玉山自倒非人推。舒州杓，力士铛，李白与尔同死生。"

长安
月下
与君逢

　　阳春三月，李白得知孟浩然要去广陵（今江苏扬州），便托人带信，约孟浩然在江夏（今武汉市武昌）相会。游历月余，最后，二人在黄鹤楼相别。

　　此去一别，诗不留痕，而近十年之后，再相见，叠埋的心水陡然冲破胸堤，倾泻一出。李白陡然而觉，他竟是如此地挚爱着孟浩然，这种情感比以前更加浓烈。

　　这个时候，孟浩然已将做官的朱绂遗弃在红尘中，他不再是被皇帝吓得钻床底下的人，不再是给高官写诗"欲济无舟楫，端居耻圣明。坐观垂钓者，徒有羡鱼情"的人，也不会再说"寄语朝廷当世人，何时重见长安道。"他现在只为自己而活，只为"春眠不觉晓，处处闻啼鸟"而活，只为"再来迷处所，花下问渔舟"而活，只为"黄昏半在下山路，却听泉声恋翠微"而活。

　　他的这种恣意潇洒的活法搅动了李白心中的舟楫，心心念念一直想要济沧海的李白开始突然想转入山口寻一小洞去往那有孟浩然的桃花源，何日与君拂衣去，何如万里同翱翔。

086

他们一起去游春日青山，孟浩然带着李白去往他拜谒佛事的道场，走在山间小路上，这让李白恍若踏上离垢国用来分别界限的金绳开觉路，恍若乘着引导众生渡过苦海，到达彼岸的佛法宝筏度过迷川。岭上古树就是飞栱画檐，岩上野花覆盖着山谷清泉。高塔以海月贝壳装饰，楼宇耸出江上云烟。香气充盈三界之下，钟声在万壑里回鸣。秋荷上银珠满盈，松针刚刚长成圆盖。飞鸟聚在庭下仿佛来听佛法，龙王也来护法：

> 朱绂遗尘境，青山谒梵筵。金绳开觉路，宝筏度迷川。
> 岭树攒飞栱，岩花覆谷泉。塔形标海月，楼势出江烟。
> 香气三天下，钟声万壑连。荷秋珠已满，松密盖初圆。
> 鸟聚疑闻法，龙参若护禅。愧非流水韵，叨入伯牙弦。
>
> —— 李白《春日归山寄孟浩然》

在此莲花之境里，李白却有些自愧，怕自己没有高山流水之韵，唠唠叨叨的声音混入了孟浩然伯牙的琴弦。

此时的孟浩然已从红尘离去，而李白还在红尘扰攘里。他担

长安
月下
与君逢

心自己的一颗进取心不能跟孟浩然的清心互相应和；担心相遇太早，此时伯牙已在弹琴，而子期还在砍柴。李白觉得再不将自己的心意说出口，他们就要从此错过，于是他大声地说出："吾爱孟夫子！"其声如流星闪电穿彻万里河山，千年时光，千山万水皆感应到他的诚意，水纹重重，回音阵阵，如风吹过，一唱百和，如云散去，万千气韵。

幸好他说了，幸好他还来得及说！

此时的孟浩然是醉至深处反是念天地悠悠的醒者，翛然于生死之际，醉卧于半壕繁花里。这样的人怎能不爱?!

爱他的有王维，孟浩然在长安的时候，怕见皇帝，躲的就是王维的床底下。而他去世之后，王维要哭他，最后还在郢州的亭子里为他画像，题曰："浩然亭"。后人因尊崇他，不愿直呼其名，改作"孟亭"，一时成为名胜古迹。

爱他的有刘眘虚，这个写过"道由白云尽，春与青溪长。时有落花至，远随流水香"的人，把落花叹得真正唯美而悠远的人，看到扬子江时，也想起了老友孟浩然，写了封信《暮秋扬子江寄孟浩然》："木叶纷纷下，东南日烟霜。林山相晚暮，天海空青苍。暝色况复久，秋声亦何长。孤舟兼微月，独夜仍越乡。寒笛对京口，故人在襄阳。咏思劳今夕，江汉遥相望。"绵绵无尽的思念之情，化在水长天阔的遥望之中。

张子容，这个看见春江花月夜，而写出"林花发岸口，气色动江新。此夜江中月，流光花上春"的人，送孟浩然的时候，也畅想着自己跟孟浩然作邻相伴的未来，写下《送孟八浩然归襄阳二首》："东越相逢地，西亭送别津。风潮看解缆，云海去愁人。乡在桃林岸，山连枫树春。因怀故园意，归与孟家邻。"

还有王昌龄，因为太喜欢孟浩然，还要在回京的路上，特意拐个弯去见他，让原本患病需要忌口的孟浩然一开心，把病中的禁忌都忘了，痛快地与之喝完酒后就去世了。

王士源在《孟浩然集序》说孟"骨貌淑清，风神散朗，救患释纷，以立义表。灌蔬艺竹，以全高尚"。这样的人怎能让人不爱？

长安
月下
与君逢

孟浩然就像一朵花的种子，遇见了，或者是又分别了，就要让人用诗开一朵花，用心写一首爱他的诗。他的可爱，大概就在于他静的时候，像一只眠于花枝上的鸟，而他俗的时候，却是俗得如处处闻啼鸟般的热闹，让人情不自禁想开窗来凑他的热闹。如此恣意潇洒的人生，才能引得众诗家来到他家的花下，引吭高歌。

这么多人爱他，所以当李白大声对他呼出的爱，他连回头说声"知道了"都没有。李白在黄鹤楼写下如此感人的诗篇，也引不来他回头。

他也做过那站在江边送人的断肠人，"日暮征帆何处泊，天涯一望断人肠。"却没想过黄鹤楼上也有个为自己断肠的人。

他还可以在送朱大入秦的时候写："游人五陵去，宝剑值千金。分手脱相赠，平生一片心。"却连一首诗都没有送给李白。

他也跟王九都说了："风起遥闻杜若香。君行采采莫相忘。"却没回应李太白大声呼唤出来的："吾爱孟夫子！"

公元740年，病中的孟浩然在跟王昌龄痛快地喝完一场酒后离世。

吾爱孟夫子

两年以后，李白在长安的金銮殿上，喝过唐玄宗亲自喂的醒酒汤，指使过唐玄宗的宠人高力士脱靴。

近二十年后，被唐玄宗流放夜郎的李白得到大赦而得以千里江陵一日还，此时他轻舟已过万重山，决意游仙学道以度余年。

公元 762 年，李白醉后入水中捉月而死。（说法之一）

他们都是世间倏然而来、倏然而往客。倏然一生里，如鸟影渡寒塘，但在碧水青山里，琴声低回，引一人回眸，倏然一笑，于是一颗心就如沐春风绽放。人间近看，一个玉树临风，一个空谷幽兰，立在人世的浮光掠影里。人间远望，茫茫碧水上，苍苍横翠微。

卷六

目錄

诗歌

隔一程山水，我与你坐望于光阴的两岸。彼处是我们共期许的桃源，你站在落英缤纷里，不知魏晋，而我是正在行船的武陵人，我就要找到那豁然开朗的洞口，我已看见光，看见你在光里，那绚烂的红霞里，你笑容依旧。

靖安客舍花枝下，唯有多情元侍御

公元 809 年，白居易与弟弟和朋友李杓直一起去曲江、慈恩寺踏春，踏春归来，便到李杓直家喝酒。他们折了花枝作酒筹，酒兴正浓时，白居易突然放下酒杯低头默然不语，如在梦里，良久，他突然说了一句："微之到梁州了！"是的，梦里他看见了元稹正行在千山里，眼见他回望长安，自己呼唤他却得不到回应，一急惊醒，抬头四顾，众人皆在唯元稹不在。白居易茫茫然提笔在李杓直家的墙壁写下一诗《同李十一醉忆元九》："花时同醉破春愁，醉折花枝作酒筹。忽忆故人天际去，计程今日到梁州。"

是夜，元稹的梦里，自己追上那踏春的三人，跟在他们身后从曲江悠悠信马、蹀躞徐行上慈恩又回李杓直家。

众人得醉春色，以酒助情，却总觉得少了一人，是了，以前踏春后必去微之的靖安舍饮酒，伴满园花开不饮自醉，饮了更不知今夕何夕，只觉人面桃花相映红，而如今人面已不知何处去了。

长安
月下
与君逢

乐天说："最喜与微之看花，尤其是寺里牡丹，他喜欢去西明寺看牡丹，可我去西明寺时已只见牡丹不见人了。今年也无缘再看微之靖安舍里那西栏上的牡丹花了。他家的花最招人想念，那雨后看过一次衰红的胡三都念念不忘，接连三次托人问微之家的牡丹开得怎样，微之说此时正开满了西栏，可惜赏花时我们只能两两相忆。此时我跟胡三一样，也想微之家的花了……""尤其想微之。"乐天的心里话藏着没说。

李构直说："最不喜跟微之下棋，上次他败势已现，竟偷我的棋子想要咽到肚子里去，该罚他！"众人哈哈大笑，微之也跟着乐，陡然那酒筹花枝落到自己手上，却捧不住，落到地上，极低的堕花声，惊醒了自己，只听得窗外马嘶春陌，而自己远梦初归。

几天后，乐天收到微之的信，信里有一诗《使东川·梁州梦》："梦君同绕曲江头，也向慈恩院院游。亭吏呼人排去马，忽惊身在古梁州。"——我梦到与君一同游了曲江，还一同游了慈恩寺。忽然听到掌管驿站的小官叫人牵马的声音，才蓦然惊醒原来我此身是在古梁州啊。

此夕此心，君知之乎

微之说："是夜宿汉川驿，梦与杓直、乐天同游曲江，兼入慈恩寺诸院，倏然而寤，则递乘及阶，邮吏已传呼报晓矣。"

落款的日期与白居易游寺题的诗日期一样，原来白居易所行皆入了元稹之梦，后来人们说他俩"千里神交，若合符契"。

——有一种朋友，不是你的情人，不是你的亲人，你却甘把美梦赋他，让他成为你的梦中人。

当年他们俩一同登拔萃科，一同任秘书省任校书郎，一起校勘宫中所藏典籍。那个时候元稹二十多岁，白居易三十来岁，两个人风华正茂，未来如春扇在他们俩面前徐徐打开，世界在等着他们去黼黻着墨。后来元稹跟另一朋友说起当年同时官拜校书郎之事时，写诗云：

同年同拜校书郎，触处潜行烂熳狂。
共占花园争赵辟，竞添钱贯定秋娘。
七年浮世皆经眼，八月闲宵忽并床。
语到欲明欢又泣，傍人相笑两相伤。

——元稹《赠吕三校书》

097

长安
月下
与君逢

　　白居易看到元稹的这首诗，也想起了他们的当初，赋诗一首：

　　见君新赠吕君诗，忆得同年行乐时。

　　争入杏园齐马首，潜过柳曲斗蛾眉。

　　八人云散俱游宦，七度花开尽别离。

　　闻道秋娘犹且在，至今时复问微之。

　　　　　　　　　　——白居易《和元九与吕二同宿话旧感赠》

　　——当初我们相识的时候，正是裘马轻狂时，大家都是志同
道合的朋友，还一起去追求美人，七年以后，我们如云散尽天涯，
听说当年的美女秋娘尚在，还常常问起当初最年轻英俊的你。

　　人生若只如初见，初见的时候，细藤初上，春光烂漫，没有
此去经年的沧桑。那个时候，他们彼此欣赏，剖心成为对方的知己。
那是他们最快乐的日子，白居易蓦然回首，不禁狂吟一千字《代
书诗一百韵寄微之》："身名同日授，心事一言知。肺腑都无隔，
形骸两不羁。疏狂属年少，闲散为官卑……"此诗自注："贞元中，
与微之同登科第，俱授秘书省校书郎，始相识也。"初见时两人

发现彼此是心有灵犀一点通的知音，就"分定金兰契"。金兰契，《周易》说："二人同心，其利断金；同心之言，其嗅如兰。"

当时是多么的风流年少啊，"征伶皆绝艺，选伎悉名姬。"我们时时大醉而归："残席喧哗散，归鞍酩酊骑。酡颜乌帽侧，醉袖玉鞭垂。"日日形影不离："几时曾暂别？何处不相随？"

那时候，白居易在长安常乐里租房，元稹在其西南靖安里租房，还有写"锄禾日当午，汗滴禾下土"的李绅，他们三人成了哥们儿，下班就聚在元稹靖安舍里一块儿喝酒，没钱喝酒了，就脱了衣裳去当铺换酒钱，故白居易有诗："靖安客舍花枝下，共脱青衫典浊醪。"

有酒共饮、有花共赏、有月共品、有书共读，世间快意事，都与你分享。那是我们青春炫丽的时代，让我此后的余生里常常梦回此时此地，因为在这原地的，还有你，当时少年春衫薄。

元稹的靖安舍里有辛夷两株，这树在白居易漫长的人生记忆里一直都停在蓓蕾初绽时，当时他们都没有经历劫后的伤痕累累，

长安
月下
与君逢

流年几度后，谁都被风吹雨打了去：

> 靖安院里辛夷下，醉笑狂吟气最粗。
>
> 莫问别来多少苦，低头看取白髭须。
>
> ——白居易《洪州逢熊孺登》

浪掷的光阴里，滚滚韶华不过是隙内之驹，大好的春光不会为少年长留。转眼荏苒星霜换，蓝衫经雨故，骢马卧霜羸，如今只剩我"念涸谁濡沫，嫌醒自歠醨"。歠醨，吃酒糟，喝薄酒，追求一醉以使时时回到梦里那青衫年少的时光，那时光里只有你我，梦中，那翩翩浊世佳公子正双双青骢并行。

一程山水后，我们都已走过七年时光，轻舟已过万重山，人生经不起此去经年，当年蹀躞在杏花园里的玉堂金马都成了裹尸马革，浮荡在凤凰池的鹓鸰兰桡，都成了风雨同舟，经历了如许人世的沧桑后，曾经同欢乐的我们都成了患难之交。

七年以来，白居易和元稹已经经历了太多的分别和浮沉。人生，若只如初见后，只以风雨为饮，沧桑果腹，剪锦岁华年做褴褛。

此夕此心，君知之乎

想这一切都始于那一年他们的第一次分别，从此低吟浅唱的是一阕骊歌恨曲，把酒空对的是满腔思念，翩翩鸿雁丈量的是情深契阔。

公元806年，白居易和元稹一同辞了校书郎这一闲职，不肯再把大好的光阴虚掷在醉生梦死里，约定一起参加公务员晋级考试。

两人努力准备考试的情景让白居易多年后依然不能忘怀："攻文朝矻矻，讲学夜孜孜。策目穿如札，锋毫锐若锥。""策目穿如札"，旁边白居易自注："时与微之结集策略之目，其数至百十。"当时两人为参加殿试，一起在长安华阳观复习准备，想了很多考试中可能出现的题目，再分别写出答卷，而后一起讨论，常常为其中一两句话斟酌争论不休。

白居易还在"锋毫锐若锥"后注说这样的故事："时与微之各有纤锋细管笔，携以就试，相顾辄笑，目为毫锥。"他们要他们的光芒耀眼地照进大唐阴暗的角落。那一篇篇写满宏图大志的

101

长安
月下
与君逢

《策林》都是他们联袂笔指朝堂的见证，当时少年策马轻狂，要激扬文字也要指点江山，匣里就要出剑，灯火已然破窗。从此，两人携手共点亮一盏银钉灯，一起进入愈来愈昏暗的大唐，就像两颗紧紧靠在一起的双星，行过浩瀚的历史长空。

最终考试结果是：元稹甲等，成为当年的状元郎，后任左拾遗，类似于监察部门，工作职责是指出皇帝的不足；白居易乙等，去周至任县尉。

三年都不曾长久地分离过，如今两人迎来了第一次正式的分别，彼此牵肠挂肚的思念如影随形，元稹说："昔作芸香侣，三载不暂离。逮兹忽相失，旦夕梦魂思。崔嵬骊山顶，宫树遥参差。只得两相望，不得长相随。"校书郎有个很好听的名字叫芸香吏，因为古人藏书常把芸草夹于书中，用其香味杀死书虫，所以与芸草有关的很多称呼，往往跟书有关，譬如书斋就有"芸窗"的别称。而秘书省则有"芸署""芸省"等说法。

突然的分离，让两人日日夜夜魂里梦里都想着对方，元稹说，我们就像那骊山之顶的宫树，只能两两相望，不能长相厮守。"官家事拘束，安得携手期。愿为云与雨，会合天之垂。"不知我们什么时候才能携手在一起，愿与你成云成雨，缠缠绵绵到天际。

他们在一起时，一起制造着美好的生活，好让以后回忆的时候，往事都可下酒。而分离的时候，那思念都落荒而逃成一首首诗，他们因与对方相离而寂寞的日子得以发出声声清脆的韵律，掷地如雨声。

此时已在周至的白居易，与在蔷薇涧里隐居的好友同游仙游寺时，一时感慨唐玄宗和杨贵妃的那段旷世之恋，写下了"在天愿作比翼鸟，在地愿为连理枝。天长地久有时尽，此恨绵绵无绝期"的《长恨歌》，惊艳四方。

恨不能长相守，白居易此时为那对千古绝恋而恨，恨漫漫人生路上一次次分别的离觞，白居易为自己和微之而恨。

后来，白居易回到了长安。公元807年，白居易为翰林学士。而在长安的元稹，因锋芒逼人，被贬为河南县尉，但在贬谪的途中，

长安
月下
与君逢

元稹惊闻母亲因自己被贬而在长安家中亡故，日夜兼程奔回长安，其后为母丧丁忧三年。白居易为他的母亲撰写墓志铭。元稹因为丁忧，没有俸禄，而此时为他雪中送炭的是他的乐天，乐天用自己微薄的工资接济着失去生活来源的微之一家。

此夕此心，君知之乎

闲人逢尽不逢君

三年后，元稹除去孝服，得到提拔，任监察御史，出使剑南东川。

他来到了周至县的骆口驿，驿上的骆谷道自长安出发，穿秦岭，到汉中，是关中与巴蜀及西南的交通要道。元稹在此处发现了白居易写的一首诗。

这是当年白居易在周至做官时，在驿馆墙壁上发现好友王质夫写的诗，读罢，他提笔写下：

石拥百泉合，云破千峰开。

平生烟霞侣，此地重裴回。

今日勤王意，一半为山来。

——白居易《祗役骆口，因与王质夫同游秋山，偶题三韵》

长安
月下
与君逢

　　元稹站在驿馆的诗墙前静静地看了半天，直到随行催他上马。他这次要去的是少数民族地区，所以夜里穿着异族服装写呈给皇帝的御书，一直写到五更时，写完了，接着给白居易写诗，说自己已到达骆口驿，邮亭里有你的一首诗，我在你的诗前看了好久，此刻我路至半途，南看明月北看云，南月照我这天涯羁旅人，北云带我的相思去。

　　邮亭壁上数行字，崔李题名王白诗。

　　尽日无人共言语，不离墙下至行时。

　　二星徼外通蛮服，五夜灯前草御文。

　　我到东川恰相半，向南看月北看云。

　　　　　　　　　　——元稹《使东川·骆口驿二首》

　　不料，元稹走后没几日，白居易也来到这里，看到墙上元稹墨迹新鲜的诗，忙问驿卒此人在何处。驿卒说数日前就离去了。白居易大为怅惘，跟着再题《骆口驿旧题诗》：

　　拙诗在壁无人爱，鸟污苔侵文字残。

　　唯有多情元侍御，绣衣不惜拂尘看。

此夕此心，君知之乎

我的拙作早已被鸟粪污浊、青苔侵残，只有多情的元侍郎，
不惜绣衣拂尘看。

元稹越过秦岭，来到褒城驿，看见一枝早春的桃花从竹林里
探出来，伸展在池水之上，那一抹嫣红如灯火照耀在他晦暗的记
忆隧道里，照亮了彼时记忆中，与乐天一起见过的一枝桃花！"往
岁与乐天曾于郭家亭子竹林中见亚枝红桃花半在池水。自后数年
不复记得。忽于褒城驿池岸竹间见之，宛如旧物，深所怆然。"
我已不在彼时，而花还在此处，元稹怆然写下：

平阳池上亚枝红，怅望山邮事事同。
还向万竿深竹里，一枝浑卧碧流中。

——元稹《使东川·亚枝红》

白居易给他回应：

山邮花木似平阳，愁杀多情骢马郎。
还似升平池畔坐，低头向水自看妆。

—— 白居易《酬和元九东川路诗十二首·亚枝花》

长安
月下
与君逢

昔日之景，今日再逢，景在人不在，愁杀多情骢马郎。

而后，元稹到达梁州，是夜在睡梦中，诗人回到了长安，与白居易同游曲江，共攀慈恩寺——白日里千山万水我一人独行，而至夜，我又千山万水地回去，与你携行。

等元稹来到嘉陵江边时，相思又逆水回到曲池边，想白居易他们几个人此刻又在杏园里逛到何方，写下这首《使东川·江楼月》：

嘉陵江岸驿楼中，江在楼前月在空。
月色满床兼满地，江声如鼓复如风。
诚知远近皆三五，但恐阴晴有异同。
万一帝乡还洁白，几人潜傍杏园东。

月色朗朗，照着你影，照着我床，我此处有情，不知彼处有情无情，我不在时，也该有其他人在你身旁，杏园里曾有我的身影，也会有你与他人游玩的身影。你念，或者不念我，我的情都在这里，

108

此夕此心，君知之乎

不增不减，我在，或者不在，你的情是否都在，有无增减？

当白居易收到元稹的来信后，也和他的这首《使东川·江楼月》"嘉陵江曲曲江池，明月虽同人别离。一宵光景潜相忆，两地阴晴远不知。谁料江边怀我夜，正当池畔望君时。今朝共语方同悔，不解多情先寄诗。"所谓伊人，在水一方，溯洄从之，道阻且长。此情难解，不如以诗相诉，诗抵达之时，深情也抵达。你念我之处，也是我念你之时，几百里天同阴晴不同，但两情千里不变。

夜晚元稹住在嘉陵驿上，江水声送来心声，花影搅乱回忆，一夜独眠一夜无眠的元稹又写下：

嘉陵驿上空床客，一夜嘉陵江水声。

仍对墙南满山树，野花撩乱月胧明。

墙外花枝压短墙，月明还照半张床。

无人会得此时意，一夜独眠西畔廊。

——《使东川·嘉陵驿二首（篇末有怀）》

当年元稹以自身经历为原型，写下了《莺莺传》，说："待

长安
月下
与君逢

月西厢下，迎风户半开。拂墙花影动，疑是玉人来。"如今，又见花枝压墙，却没有莺莺再等候于西厢。他自认为这隐秘的心思无人能懂。他把自己爱莺莺一场写得如此薄凉，把莺莺爱自己说成是妖孽，说"予之德不足以胜妖孽，用忍情"。但这情忍到心里早陷落成渊谷，诗人的心时不时坠崖而下，登响空谷。以为无人的幽谷，只有自己的步步单音，但白居易却来信说，我懂，我一直都懂："露湿墙花春意深，西廊月上半床阴。怜君独卧无言语，唯我知君此夜心。不明不暗胧胧月，不暖不寒慢慢风。独卧空床好天气，平明闲事到心中。"

为了前途，放弃自己的最爱，娶了高官之女，而那放弃的永远成了自己心头的红玫瑰。隐秘的梦里，常常回到西厢《梦昔时》："闲窗结幽梦，此梦谁人知。夜半初得处，天明临去时。山川已久隔，云雨两无期。何事来相感，又成新别离。"

他终究在心壑里留了一只寂寂孤莺啼杏园，即使当年那落花芳草无寻处，即使站在万壑千峰的金顶上，也会时时被莺声啼破相思梦。

110

此夕此心，君知之乎

这个梦里，有莺莺，也有观梦之人，元稹在《酬翰林白学士代书一百韵》中回忆说："山岫当街翠，墙花拂面枝。莺声爱娇小，燕翼玩迢迢。"特别在"墙花拂面枝"下加注："昔予赋诗云'为见墙头拂面花'，时唯乐天知此。"

花开满墙，逾越而过的，不是张生，而是我志向高洁的元稹，我的最爱，和我的无奈，白居易都知道，世间也只有他知道，因为我无法诉白的心事，都交付他收藏，每当我的深谷里莺啼二月三月时，他胸中的丘壑会为我花发千山万山里。所以在这个驿馆墙上花枝拂面，跟当年何其相似，我站在孤峰顶上，独领寂寞时，望见那远方的好友白居易遥遥为我举一杯："可惜莺啼花落处，一壶浊酒送残春。"

到了东川，元稹弹劾了剑南东川节度使的种种罪行，致使七州刺史皆受责罚，一时锋芒毕露，接着他又弹劾更多官员，一番"狂轰乱炸"终究把朝廷里的大员们都给得罪光了。因此元稹又被派到洛阳。

111

长安
月下
与君逢

不料刚到洛阳，他的妻子就去世了，其情之哀，让元稹写下名闻古今的悼亡诗：

闲坐悲君亦自悲，百年都是几多时。

邓攸无子寻知命，潘岳悼亡犹费词。

同穴窅冥何所望，他生缘会更难期。

唯将终夜长开眼，报答平生未展眉。

——元稹《遣悲怀三首·其三》

此时，已是元稹和白居易相交七年之时，七年，他们都经历过了生离和死别，红尘行渡未央，此心已过万山，逝水难留，都酌与沧桑。

在洛阳不减锋芒继续弹劾官员罪行的元稹，终被罢官。公元810年，他踏上了回长安的归途。

在这趟回京的途中，元稹住宿于敷水驿，宦官仇士良也出京夜至此地，先期到达的元稹已经住进了最好的客房。而仇士良来后，坚持要元稹让出来，两不相让，仇士良便对元稹这位监察御史大打出手。

112

此夕此心，君知之乎

后来，皇帝并没有处罚仇士良，反而借着那些意图打压元稹的朝臣给出的"少年后辈，务作威福"的罪名，将元稹贬职江陵，也就是荆州。元稹春天才到长安，三月就离去了。

也因这一结果，元稹声名大震，正直之士纷纷为他打抱不平。而白居易更是奋不顾身站出来仗义执言，累疏劝谏："臣恐元稹左降已后，凡在位者每欲举职，必先以稹为戒，无人肯为陛下当官守法，无人肯为陛下嫉恶绳愆。内外权贵亲党，纵有大过大罪者，必相容隐而已，陛下从此无由得知！"但是一切都不能挽回元稹被逐出长安的命运。

元稹接到被贬谪的诏命，甚至来不及与白居易等好友话别，就匆匆准备离去。出长安前，他与下朝回家的白居易在街上偶遇，两个人骑着马，从永寿寺走到新昌里，只说了几句保重的话语，就黯然分离："五年春，微之从东台来，不数日，又左转为江陵士曹掾。诏下日，会予下内直归，而微之已即路，邂逅相遇于街衢中，自永寿寺南，抵新昌里北，得马上语别；语不过相勉，保方寸，外形骸而已，因不暇及他。"

长安
月下
与君逢

当夜，元稹夜宿山寺，白居易怕赶不上第二天早朝，只能派弟弟带着自己写的二十首新诗前去看望，说："欲足下在途讽读，且以遣日时，消忧懑，又有以张直气而扶壮心也。"

白居易曾有诗云：

勿云不相送，心到青门东。

相知岂在多，但问同不同。

同心一人去，坐觉长安空。

——白居易《别元九后咏所怀》

一人离去，再繁华的都城都成空城。"青门"，特指汉代长安城的东南门，后泛指京城东门。

三月，行在贬途的元稹夜宿曾峰馆，看着月色下满树桐花茫茫开放，想起曾经某年的三月，自己对着一地落花，思念着妻子，如今妻子已逝去，对花可思的唯有好友：

微月照桐花，月微花漠漠。怨澹不胜情，低回拂帘幕。

114

此夕此心，君知之乎

叶新阴影细，露重枝条弱。夜久春恨多，风清暗香薄。

是夕远思君，思君瘦如削。但感事睽违，非言官好恶。

奏书金銮殿，步屟青龙阁。我在山馆中，满地桐花落。

——元稹《三月二十四日宿曾峰馆，夜对桐花，寄乐天》

白居易收到这首诗的那一天，正在做梦，梦里见到了元稹，连忙握起元稹的手问君来何意，元稹说我思念你思念得紧，又无人帮我寄信，只好亲身化蝶来见你这做梦的庄生。梦里还来不及说上话，白居易就听见"咚咚"的叩门声，报说是元稹的信到了。白居易后来在回信里跟元稹说，我当时从床上惊起，衣服都穿反了，连忙来看你的信，看完信，一席芳草梦，蓑蓑齐恨别，苒苒共伤春。想着你写完此信时，山馆外月色正照着一树紫桐花，满腹相思如桐花正落，落到我的手心里就成这首桐花诗。而你彼夜写诗的心，就是今朝我写诗之情。你写的珠玑八十字，大珠小珠落我心中都成金玉：

永寿寺中语，新昌坊北分。归来数行泪，悲事不悲君。

悠悠蓝田路，自去无消息。计君食宿程，已过商山北。

长安
月下
与君逢

昨夜云四散，千里同月色。晓来梦见君，应是君相忆。

梦中握君手，问君意何如。君言苦相忆，无人可寄书。

觉来未及说，叩门声冬冬。言是商州使，送君书一封。

枕上忽惊起，颠倒著衣裳。开缄见手札，一纸十三行。

上论迁谪心，下说离别肠。心肠都未尽，不暇叙炎凉。

云作此书夜，夜宿商州东。独对孤灯坐，阳城山馆中。

夜深作书毕，山月向西斜。月下何所有，一树紫桐花。

桐花半落时，复道正相思。殷勤书背后，兼寄桐花诗。

桐花诗八韵，思绪一何深。以我今朝意，忆君此夜心。

一章三遍读，一句十回吟。珍重八十字，字字化为金。

——《初与元九别后忽梦见之及寤而书适至兼寄桐花诗怅然感怀
因以此寄》

想我们在永寿寺私语，在新昌坊分别时，背过身归家的我，满脸都是眼泪，那伤悲不为君，只为我们怎能这么快又分别！远路迢迢，得不到你的消息，我只能时时刻刻计算着你的行程，遥望远山，想望着你孤身一人正行过千山，而离恨却如春草，更行更远还生。昨晚云层四散，月色照千里，想必我俩同望一轮明月，

此夕此心，君知之乎

心里都想着彼此。果然我梦里就见到了你，想必因为你也做着思念我的梦，于是我们在同一个梦中相遇。

很多年以后，两人的人生都沉浮几度，被召回长安的江州司马白居易再过商山层峰驿，忽然看见元稹题的诗迹，还有那阶前老桐木，人老了，花也老了，白居易给元稹寄诗说：

与君前后多迁谪，五度经过此路隅。

笑问中庭老桐树，这回归去免来无？

——白居易《商山路驿桐树，昔与微之前后题名处》

长安一别，回眸三生琥珀色，商山桐花，转生一世琉璃白。分别至今就像历经了三生三世的相离，往事都已发黄成琥珀色。五年之后，再见商山我们来往的履痕，来过却没再重逢过，五年我们都在分别，即使重生再逢，也还是逃不开分别的结局。五年沧桑，心如琉璃透彻，却一身苍凉。

元稹继续前行，沿途的好景让这个年轻的诗人按下失意重拾

长安
月下
与君逢

起激情，迫不及待想要把千花昼如锦、春泉鸣大壑、皓月吐层岑这些人间之美，都只付与知己分享。一路上，元稹见山石榴花（即杜鹃花，三月开）开得烂漫，想寄一朵给白居易又因路远迢迢无从寄，来到武关，在道旁的墙上题诗说："深红山木艳丹云，路远无由摘寄君。"又有："向前已说深红木，更有轻红说向君。"

公元 815 年，被贬为江州司马的白居易一路而去，在武关南也看见了元稹的这些诗句，两人相隔经年的光阴与重重的山水，白居易此时只能用诗句遥遥相应：

往来同路不同时，前后相思两不知。
行过关门三四里，榴花不见见君诗。
——白居易《武关南见元九题山石榴花见寄》

——你跟我说的那些花都已消散，而你的诗却还留在此地等着我来相逢。

白居易抵达江西后的一天，凭栏望着庐山，见那满山的杜鹃红，想起当年曾想要送一朵杜鹃花给自己的微之。思君不见君，唯有春风吹来当初的杜鹃红，多少相思，唯寄情与花相诉，白居易也写诗一首《山石榴寄元九》："……奇芳绝艳别者谁，通州迁客元拾遗。拾遗初贬江陵去，去时正值青春暮。商山秦岭愁杀君，山石榴花红夹路。题诗报我何所云，苦云色似石榴裙。当时丛畔唯思我，今日阑前只忆君。忆君不见坐销落，日西风起红纷纷。"

此时，两个人已同是天涯沦落人。

又过了多年，元稹再次来到武关，看见了自己的诗和白居易的诗还在，只是都覆满了时间的灰烬，元稹写下《酬乐天武关南见微之题山石榴花诗》："比因酬赠为花时，不为君行不复知。又更几年还共到，满墙尘土两篇诗。"

我们都经过了这片漫山遍野的杜鹃，每一次光临，都只影而来，只影离去，留下相思相聚此地，因时间沉积成岩，在原地等你再度光临。

长安
月下
与君逢

　　元稹到达荆州后，正听得荆州城楼的鼓声咚咚作响，就接到白居易的信，信中有一首诗《禁中夜作书与元九》，是白居易在宫中值守时所作："心绪万端书两纸，欲封重读意迟迟。五声宫漏初鸣后，一点窗灯欲灭时。"元稹迫不及待地拆开，思念如湿漉漉的浓雾般从千山万水处涌来。

　　你最后说，写信时你正在金銮殿值夜，诗书写一夜，以万恨封缄。中途出宫看见月正西斜，写完信，月亮已经落了，晓灯结满了灯花。想你写完信时，往南望我相思，而我此刻站在江边，念着你思念我的诗。你想我如浩天广大无极，而我足下的逝水秋思正深，清澈万丈可见我心深处。

　　感君之诗，写我恨别，风萧萧兮易水寒，壮士一去兮不复还。众口铄金，积毁销骨，然而，金埋无土色，玉坠无瓦声，剑折有寸利，镜破有片明，即使我挫骨扬灰，仍是金砂，禀火成身：

　　新昌北门外，与君从此分。街衢走车马，尘土不见君。
　　君为分手归，我行行不息。我上秦岭南，君直枢星北。

120

此夕此心，君知之乎

秦岭高崔嵬，商山好颜色。月照山馆花，裁诗寄相忆。

天明作诗罢，草草随所如。凭人寄将去，三月无报书。

荆州白日晚，城上鼓冬冬。行逢贺州牧，致书三四封。

封题乐天字，未坼已沾裳。坼书八九读，泪落千万行。

中有酬我诗，句句截我肠。仍云得诗夜，梦我魂凄凉。

终言作书处，上直金銮东。诗书费一夕，万恨缄其中。

中宵宫中出，复见宫月斜。书罢月亦落，晓灯随暗花。

想君书罢时，南望劳所思。况我江上立，吟君怀我诗。

怀我浩无极，江水秋正深。清见万丈底，照我平生心。

感君求友什，因报壮士吟。持谢众人口，销尽犹是金。

——元稹《酬乐天书怀见寄》

这首诗跟上首桐花诗一对比，两首韵脚完全相同，这就是他们俩的暗语——元白体。两人高山流水的韵和，成就最美的千曲知音。两诗来诗往，皆为情生。到生命终时，白居易说："死生契阔者三十载，歌诗唱和者九百章。"

此时，在长安的白居易已是翰林学士，相当于皇帝机要秘书

长安
月下
与君逢

的身份，定期入值当班，待诏于院中。正是鲜花着锦、烈火烹油的无边繁华时刻，白居易却常常独立曲江，想着与元稹相伴的日子，一人只影独孤寂，锦瑟华年谁与度？他抑制不住思念的萧索，提笔题下断肠诗——《立秋日曲江忆元九》："下马柳阴下，独上堤上行。故人千万里，新蝉三两声。城中曲江水，江上江陵城。两地新秋思，应同此日情。"

后来，仍在江陵的元稹看到此诗，也忆起两人蹉跎岁月此去峥嵘，写下诗句——《和乐天秋题曲江》："十载定交契，七年镇相随。长安最多处，多是曲江池。梅杏春尚小，芰荷秋已衰。共爱寥落境，相将偏此时。绵绵红蓼水，飏飏白鹭鹚。诗句偶未得，酒杯聊久持。今来云雨旷，旧赏魂梦知。况乃江枫夕，和君秋兴诗。"

十年前我们相识，七年里我们紧紧相追随。长安里，我们流连最多的就是这曲江池。春天的曲江，秋天的曲江，我们都一起看过，我们共同最爱的都是万物寥落时，因为人生大部分的光阴都会抛以寥落境。当时的岁月，红蓼如梦绵延在逝水上，白鹭如诗飞扬起来，可我们却顾不上写诗，人生逢知己，只恨千杯少。

此夕此心，君知之乎

如今的岁月，你写诗的时候站在曲江边上，而我站在千里万里的长江边上，为你写诗。

此刻云雨荒凉，而梦里春草长，那人正处处怜芳草……

长安
月下
与君逢

万重离恨一时来

公元 811 年，白居易的母亲去世，辞官丁忧居于渭村，也是在这年，他幼小的女儿有如露水一世般夭折了。失去生活来源的白居易，需要为母守孝三年，贫病交加，同样贫困的元稹却接济他二十万钱！不知元稹是怎样从自己微薄的工资里省下这笔钱，寄给让他牵挂不已的白居易，白居易写信《寄元九》云："一病经四年，亲朋书信断……元君在荆楚……书来唯劝勉……怜君为谪吏，穷薄家贫褊。三寄衣食资，数盈二十万。岂是贪衣食，感君心缱绻……"

而此时，待在江陵的元稹因瘴气患上了重病，白居易知道后，恨自己相隔千里无能为力，只能寄上几副膏药，而这膏药的药效连白居易自己都没信心，只能跟元稹说："未必能治江上瘴，且图遥慰病中情。到时想得君拈得，枕上开看眼暂明。"

收到膏药的元稹更加想念千里之外的乐天了，说："唯有思君治不得，膏销雪尽意还生。" 什么病都可用药，唯有思君一病无药可解。

春天，元稹想起昔日游春时，那时妻子在，爱情在，正拥青春壮丽时代，他写了一首长长的《梦游春》。在这篇回忆往昔、赞美春花浪漫的长诗序言里，元稹说："斯言也，不可使不知吾者知，知吾者亦不可使不知。乐天知吾也，吾不敢不使吾子知。"然后他把这诗寄给了白居易。你最懂我的，我的一切就不能不让你知道，你是我今生的高山，我一生波澜，只为你回响。

白居易被托付之深，反觉惶恐，慎重地看了半天，见元稹通篇都在回忆过去的好年华，回忆他的妻子，说自己"觉来八九年，不向花回顾"，白居易也回诗一首《和梦游春诗一百韵》说，嗯，你确实："京洛八九春，未曾花里宿。"你的旧时代如此壮美，你的新时代却不能继往开来。

但白居易反复把元稹的信看了好几遍，还是觉得自己没有领悟他原本的意思，又把元稹写给自己的七十韵诗扩展成一百韵，

长安
月下
与君逢

题为《和梦游春诗一百韵》，重新走进元稹的旧梦里，以蝶身进庄生之梦，见"艳色即空花，浮生乃焦谷"，浮世铅华不过是场天女散花，欢荣刹那。于是对元稹说因为历经红尘虚妄，知其非方能返璞归真。

所以我们过往沉浮跌宕的人生，乃肉身在世的重重磨炼。你的青春爱情如幻梦，功名理想如幻梦，醒来之时，我们依然不是花前蝴蝶梦魂，而是雨打芭蕉身世。

白居易对元稹说你是个披着儒家衣裳内心却是崇信佛法之人。从今往后，我们要回去哪里，归向何方？我所和之诗，终章意归于此："既去诚莫追，将来幸前劬。欲除忧恼病，当取禅经读。须悟事皆空，无令念将属。" 不知归宿，只有悟空，才能归真。

最后白居易说：微之啊，你的文章，尤其不要让那些不知你的人知，幸好我是最懂你的人……

写梦游春时，元稹还说自己乍可沉为香，不能浮作瓠。他在《梦游春七十韵》里说自己是："荷叶水上生，团团水中住。泻水置叶中，

126

君看不相污。"他要向白居易证明自己始终一片冰心在玉壶。而当白居易也心有灵犀地跟元稹说万事皆空，玉壶虚幻，举世只知叹逝水，无人微解悟空花，当读经书住世悟法。

在江陵，元稹果然结交了很多高僧，一日与卢头陀法师醉别后，卢头陀对元稹说："剃尽心花始剃头。"独立江边的元稹，迎着满天风雨如见天女散花，他终于看见了白居易所说的悟空。

笙歌散后，梦觉独醒时，望浩天广地，只见大空，他终于大悟而见佛光照亮他的内心。花雨落满他一身，缀挂不去。

元稹写离思之曲时说："曾经沧海难为水，除却巫山不是云。取次花丛懒回顾，半缘修道半缘君。"世人认为他不再眷恋人世繁华，三千弱水，他一瓢都不想取，一半是因为他的离世妻，一半是因为修道之缘。而他修道又是因为谁？正是这个与他相互挂念的写诗人。

秋天，元稹在江陵想起白居易说自己耿直如秋天的竹竿。想起这句话，思念起那个人，就种竹在前厅，让自己见竹就如见那

长安
月下
与君逢

人与自己喁喁笑语，写下一首《种竹》给白居易寄去："昔公怜我直，比之秋竹竿。秋来苦相忆，种竹厅前看……可怜亭亭干，一一青琅玕。孤凤竟不至，坐伤时节阑。" 青琅玕，以其青似美玉之意比喻苍翠之竹。

凤栖梧桐，可是你说你不喜欢梧桐树，也不喜欢杨柳枝，我便为你种下了竹子，却无凤来栖。我为你吹响了相思曲，却无凤来仪。

白居易见元稹把自己说他像竹之话当真，还把竹种在眼前，也心有戚戚，回诗一首《酬元九对新栽竹有怀见寄》：

昔我十年前，与君始相识。曾将秋竹竿，比君孤且直。

中心一以合，外事纷无极。共保秋竹心，风霜侵不得。

始嫌梧桐树，秋至先改色。不爱杨柳枝，春来软无力。

怜君别我后，见竹长相忆。长欲在眼前，故栽庭户侧。

分首今何处，君南我在北。吟我赠君诗，对之心恻恻。

桃李春风一杯酒，江湖夜雨十年灯。我们的十年铸剑只铸成锉，

128

不能手中电曳倚天剑，直斩长鲸海水开，却在现实的搓磨中将梦想锉骨扬灰。

十年，你依然是我心中当年那个竹郎。我们用十年的光阴，等来的却是这样一个对竹彼此思念的日子。

微之见竹如见乐天，而乐天见牡丹如见微之。那日在玄奘法师曾入住过的西明寺，白居易再次见到了寺里的牡丹盛放，想起自己两次来此，两次都叹微之未归，写下《重题西明寺牡丹（时元九在江陵）》：

往年君向东都去，曾叹花时君未回。
今年况作江陵别，惆怅花前又独来。
只愁离别长如此，不道明年花不开。

上一次来，不过是场短暂的分别，微之不过是去洛阳探亲，尚可期待归期，当时我们都在自己最好的时代，我还在为赋新词强说愁：

长安
月下
与君逢

前年题名处，今日看花来。

一作芸香吏，三见牡丹开。

岂独花堪惜，方知老暗催。

何况寻花伴，东都去未回。

讵知红芳侧，春尽思悠哉。

——白居易《西明寺牡丹花时忆元九》

锦绣的时代，无愁所以想要说愁，如今褴褛的时代，身在种种苦离愁别里，那时少年强赋的愁都变成可怀念的梦。

而元稹在江陵的陋宅里也种了花，常常看着花想念白居易。才会时时去长安各处看牡丹，你喜欢的景我都替你去看，只是看着看着，我只看到我们美好的过去。元稹此时看着白居易的诗，仿佛看到了正在看花的白居易，他跟白居易说：

敝宅艳山卉，别来长叹息。

吟君晚丛咏，似见摧颜色。

欲识别后容，勤过晚丛侧。

——元稹《和乐天秋题牡丹丛》

此夕此心，君知之乎

当年我们苍龙阙下陪骢马，紫阁峰头见白云，如今独剩我在花前满眼流光随日度，今朝你看见花落纷纷。乐天啊，你想看看我现在的样子，你就多去看看落败的牡丹吧，我现在就是一朵你眼前颓败的牡丹……

有几日，长安下起了绵绵的冬雨，期间还夹着细雪，泥泞的大街上，下朝回家的白居易在雨里黯然地骑着马，马蹄翻起雪泥，让人的心情更加晦暗，当走过靖安坊，想着若身边有微之，我们当一起冒雨回家，一路又该是诗韵相迭，有微之在，雨也不会如此清冷了，微之，微之啊，你现在是不是也跟我一样冒着雨上下班呢？《雨雪放朝因怀微之》："归骑纷纷满九衢，放朝三日为泥涂。不知雨雪江陵府，今日排衙得免无？"

白居易后来整理自己近日所写的文章，才发现有一大半都是他思念微之的诗：

渺渺江陵道，相思远不知。

近来文卷里，半是忆君诗。

——白居易《忆元九》

长安
月下
与君逢

惊觉相思不露，原来只因已入骨。

公元 815 年，元稹结束贬谪生涯，奉诏回京。他来到武关时，收到了白居易的来信，念着信，那快乐是满树桃花烂漫红：

五年江上损容颜，今日春风到武关。

两纸京书临水读，小桃花树满商山。

——元稹《西归绝句十二首》

途中元稹又住曾峰驿，昔日驿站里的桐树还在，可是当年桐树的嫩枝已老去，而自己也两鬓苍然，元稹不禁感慨时间的残酷，在《桐孙诗并序》里写下：

元和五年，予贬掾江陵。三月二十四日宿曾峰馆。山月晓时，见桐花满地，因有八韵寄白翰林诗。当时草蹙，未暇纪题。及今六年，诏许西归。去时桐树上孙枝已拱矣，予亦白须两茎而苍然斑鬓。感念前事，因题旧诗，仍赋桐孙诗一绝。又不知几何年复来商山道中。元和十年正月题：

此夕此心，君知之乎

去日桐花半桐叶，别来桐树老桐孙。

城中过尽无穷事，白发满头归故园。

五年的时光，老去的不仅是我们，还有这棵曾经的小桐树。

当元稹站在蓝桥驿上，即将抵达长安，诗人迫不及待往外张望，一场大雪掩埋住了他的前程后路，却丝毫不影响他早春归来的雀跃，长安有他想见的好友，有他年少的江湖。此时的好心情，让他提笔在蓝桥驿的驿亭壁上，为好友刘禹锡、柳宗元和李致用留下一首《留呈梦得、子厚、致用（题蓝桥驿）》：

泉溜才通疑夜磬，烧烟馀暖有春泥。

千层玉帐铺松盖，五出银区印虎蹄。

暗落金乌山渐黑，深埋粉堠路浑迷。

心知魏阙无多地，十二琼楼百里西。

春寒的天气挡不住天真的元稹此刻泥暖草生的快乐，刚解冻的泉水叮叮咚咚让人以为是夜里的磬声，一场劫灰后的余暖温暖

长安
月下
与君逢

着历经寒冬的自己。看雪铺在松上成千层玉帐，老虎刚刚从雪地里走过留下它的蹄印。日落了，山黑了，大雪埋住了里程碑，我迷路了。但我知道此处离长安不远了，往西再行百里，路经十二座漂亮的楼宇就能到达。

元稹归途中的这场大雪，在他诗《西归绝句十二首》里有这样的两句："云覆蓝桥雪满溪，须臾便与碧峰齐。风回面市连天合，冻压花枝著水低。"

大雪填满了高低不平的大地，云层低低地覆于蓝桥之上，远远地望去，蓝桥如横在空中，须臾又觉得它跟远山对齐，而人行此间，如漫步在天上。仿佛一幅绝美的水墨氤氲的山水画，元稹是懂得的，于是就写了这水墨跌宕的山水诗。

可是这场大雪虽然没有影响元稹回京的快乐，却似乎预言了他的前景——元稹的通途大道，就要被一场突如其来的大雪覆盖了，而他所行的一路将会崎岖艰难，元稹的仕途就如这短暂开放后突然被冻住的花，冻压花枝著水低……

悠悠天地内，不死会相逢

回到了长安，两个分别多年的好友终于再相见。

两人一起游城南，在马上斗诗如粲花。从城南皇子陂，到回昭国里白居易的家，二十里路，唱和不断。旁边的朋友都插不进嘴。回来后白居易写诗云：

老游春饮莫相违，不独花稀人亦稀。

更劝残杯看日影，犹应趁得鼓声归。

——白居易《游城南，留元九、李二十晚归》

就算后来两个人天各一方，白居易还给元稹写信回忆起此时此景："……如今年春游城南时，与足下马上相戏，因各诵新艳小律，不杂他篇。自皇子陂归昭国里，迭吟递唱，不绝声者二十余里。樊、李在傍，无所措口。知我者以为诗仙，不知我者以为诗魔……"

当时白居易还想着把两人往来诗篇博搜精掇，编一本《元白

长安
月下
与君逢

往还诗集》。却没想，诗集的事情还没说定，元稹就再次被贬，任通州司马。通州，也就是现在的四川达州市，司马，是州刺史的别称，当时实际上是闲职。跟元稹一起回京的还有刘禹锡、柳宗元，但到了三月，又是三月，他们都被贬谪出京。

公元815年，三月，此时的元稹已年近四十，还要跋涉千里，去往四川的通州，他觉得自己活着再回京的希望非常渺茫，于是，心如死灰地交代后事，并把自己的诗文都交给了白居易，就风雨兼程地离去了。

白居易和一众朋友为他送行，一直送到城西的沣水西岸桥边蒲池村，见天色已晚，犹不忍分别，又在当地歇息一宿，次日才分手。

白居易怕自己忍不住伤心，饮尽离觞，一路醉回长安，到了长安门前，酒就醒了，那离别的千愁万恨一起猛烈袭来，顿时满腔酸楚，写下这千古断肠句：

蒲池村里匆匆别，沣水桥边兀兀回。
行到城门残酒醒，万重离恨一时来。

——白居易《醉后却寄元九》

136

此夕此心，君知之乎

无力改变命运的白居易只能坚定渺茫的希望，他此刻只能坚信只要微之在，只要我在，我们一定就会在世间重逢：

萧散弓惊雁，分飞剑化龙。

悠悠天地内，不死会相逢。

——白居易《重寄》

之后，长安城里下起了连绵不绝的雨，让白居易连连叹气，千里万里，山水迢迢，他最担心微之此时在黄梅雨里艰难独行：

天阴一日便堪愁，何况连宵雨不休。

一种雨中君最苦，偏梁阁道向通州。

——白居易《雨夜忆元九》

而元稹在路途中也正遭遇大雨倾盆，他行走在被李白称为"难于上青天"的蜀道上，确实宛若走在生死一线间。他给白居易回信说，乐天啊，此行我如果差池一步，怕真是这样赴了黄泉……

一路的风雨交加在抵达通州时便消散了，这一日，太阳竟然

长安
月下
与君逢

出来了，斜斜地照着他此行的终点。元稹在偏僻的小驿馆里等着
管事为他按印，等了又等还没来，只好四处查看，却没想在破屋
檐下，竟然写着白居易的诗。还有什么比这更能拂去他一路的风尘，
一路的辛酸呢？

除了好友的诗给了他最初的惊喜，通州的一切，都让元稹非
常失望，他在这里只看见虫蛇蚊蟆，看不见自己的未来，他将苦
闷尽付笔端，都向白居易倾诉出来。

白居易收到来信之后万分不忍，长安城是如此的繁华，这繁
华能纳尽红尘，为什么就不能容纳微之这么一个有志有才的青年
呢？他宁愿梦中化蝶回到当年的风花雪月里，想当时年少春衫薄，
骑马倚斜桥，满楼红袖招，如今蓦然而惊，梦里不知，流年飞度，
花落多少，凋谢是真实的，盛开只是过去：

自我从宦游，七年在长安。所得唯元君，乃知定交难。
岂无山上苗，径寸无岁寒。岂无要津水，咫尺有波澜。
之子异于是，久处誓不谖。无波古井水，有节秋竹竿。

此夕此心，君知之乎

一为同心友，三及芳岁阑。花下鞍马游，雪中杯酒欢。

衡门相逢迎，不具带与冠。春风日高睡，秋月夜深看。

不为同登科，不为同署官。所合在方寸，心源无异端。

　　　　　　　　　　　—— 白居易《赠元稹》

　　自从我当官以来，七年都在长安。七年之间，唯一所得的只有你，因为你才懂得知己难得。我一生遇见过很多人，跟他们的友情难抵岁寒，瞬起波澜，唯有你在我面前一直不同，你就像无波的井水，有节的秋竹，我们一起度过最美的青春岁月，有花同赏，有酒同饮，把对方的家当作自己的家一样随心所欲。春天同睡到日高，秋天同看秋月明，这份感情，不是因为我们同年登第，同时做官，而是因为我们的心性一致，意气相投。

　　而让白居易时时牵挂的元稹，在通州身染重病。他担心自己会突然病逝，便给白居易写了《叙诗寄乐天书》，托付身后之事，他把所有的文章，都编为卷次，留存给白居易。希望他代为操持，结集面世，流传后人——我已经不指望史书来主持公正，只把希望寄托于吾兄，寄托于我自己的作品。

长安
月下
与君逢

也是在这时，重病难愈的元稹听闻白居易也被贬谪，他气息奄奄地躺在床上，悲伤地看着窗外风雨大作，写下自己的泣血哀痛之诗：

残灯无焰影幢幢，此夕闻君谪九江。
垂死病中惊坐起，暗风吹雨入寒窗。

——元稹《闻乐天授江州司马》

元稹心里仅存的一点安慰彻底消失，他的心中已经大雨滂沱。

这一年，宰相武元衡遇刺身死，白居易上书要求缉拿凶手，却因此得罪了权贵，忌恨他的人又污蔑说白居易的母亲看花坠井而死，而白居易居然还作《赏花》及《新井》诗，有伤名教。于是白居易被贬为江州司马。

就这样，白居易沿着与元稹回京的路线相反的方向走。经过蓝桥驿，翻越秦岭，去往江州。每到一个驿站，白居易都要急急下马——他要找到元稹给他们这些同路不同行的朋友留下的只言片语。

140

此夕此心，君知之乎

蓝桥春雪君归日，秦岭秋风我去时。

每到驿亭先下马，循墙绕柱觅君诗。

——白居易《蓝桥驿见元九诗（诗中云：江陵归时逢春雪）》

这个失意的诗人，就着黄昏日落的余晖，绕着蓝桥驿的一面面墙壁，一根根柱子，寻找着上面的文字，啊，终于找到了。我的微之在八个月以前，也曾在这座墙壁前停留过，在这里高兴地写下自己迫不及待回长安的心情，此刻，在白居易心里也许有了一些温暖。

有时候，见不到那个人，可是走他走过的路，亦觉得自己不孤独。

白居易途经襄阳，想起微之也曾到过此地，不禁感慨万千，两人就如同两朵孤云，被风吹散了行踪，等风停住，天高地远，我们向何处归去？四海不能为家，你我都是异乡客，只能互相珍重，以待重逢。

元稹也回诗给白居易说："我昔忆君时，君今怀我处。有身有离别，无地无岐路……"

长安
月下
与君逢

　　我昔忆君时，君今怀我处。而如今我们俩都是天上参与商、地上胡与越。千山道路险，万里音尘阔。山岳移可尽，江海塞可绝，可离恨若空虚，穷年思不彻。相思，相思不绝啊，愚公尚可移山，精卫尚能填海，可我怎能不再相思呢？

　　元稹跟白居易说，乐天，我后悔认识你了。这离别之苦让人恨当初相识，我们不如不遇啊。

　　天上畅空无阻，云朵尚不能重逢，更何况地上的我们中间隔了万里江山：

　　　人亦有相爱，我尔殊众人。

　　　朝朝宁不食，日日愿见君。

　　　一日不得见，愁肠坐氛氲。

　　　如何远相失，各作万里云。

　　　云高风苦多，会合难遽因。

　　　天上犹有碍，何况地上身。

　　　　　——元稹《酬乐天赴江州路上见寄三首（其三）》

142

此夕此心，君知之乎

此时，正行舟在江上的白居易，因途中多暇，常常拿出元稹的诗歌反复翻看，有的时候读完诗，天还未亮，灯火已残，眼睛痛得不行，他便灭了灯，独自坐在黑暗里，听到窗外风吹浪打声恰似自己心潮阵阵：

把君诗卷灯前读，诗尽灯残天未明。
眼痛灭灯犹暗坐，逆风吹浪打船声。

——白居易《舟中读元九诗》

这首诗传到元稹手上时，他也深夜不眠，听着外面的风雨声里，杜鹃声声唤着不如归去，不如归去：

知君暗泊西江岸，读我闲诗欲到明。
今夜通州还不睡，满山风雨杜鹃声。

——元稹《酬乐天舟泊夜读微之诗》

而在行舟之上的白居易又读到元稹在江陵写的《放言五首》，说自己："五斗解酲犹恨少，十分飞盏未嫌多……死是等闲生也得，拟将何事奈吾何。"

143

长安
月下
与君逢

　　一看见微之诗里的"死"字，白居易心中骤惊，赶紧也写下《放言五首》，每一句都在劝微之，不要灰心，此生还很长："试玉要烧三日满，辨材须待七年期……向使当初身便死，一生真伪复谁知？……松树千年终是朽，槿花一日自为荣。何须恋世常忧死，亦莫嫌身漫厌生。生去死来都是幻，幻人哀乐系何情？"

　　人生皆是梦幻，悲是幻，喜是幻，但他的情不是幻，他要微之好好珍重自己，于他，微之的死不是等闲之事。他怕微之哪一天就放弃自己，那他就再也见不到微之了。你化蝶而去来生，怎能寻到还在今生的花树啊！

　　一对同陷人生逆境的挚友，在最艰难的时候，以诗遥遥相携，互相勉励度过人生最迷茫的时候，在蛮烟瘴雨里，他们看不见彼此，手握诗卷却能感受到对方手心的温暖。

　　到达江州后，白居易担心元稹受不住蜀地之热，便寄去縠衫、纱袴。却得到元稹回信说："羸骨不胜纤细物，欲将文服却还君。"——乐天，我已经病了很久，穿不了你送来的衣服，怕是

144

此夕此心，君知之乎

要把衣服再送还给你了。

但是他最终未能再把衣服送回给白居易，九月，元稹赴兴元治病，与白居易就此断绝了联系。

就像元稹曾经跟白居易说的那样："苦境万般君莫问，自怜方寸本来虚。"他不敢把自己的困苦再说与同样困顿的乐天，不想再因为自己而让乐天担惊受怕。他情愿一个人悄悄地死去，此时，自己没有消息，对乐天来说，就是最好的消息了。

十月，白居易路过蕲州时，还心心念念元稹的重病难挨，特地买了蕲州簟寄给元稹，想着："通州炎瘴地，此物最关身。"

这时，他已经熬过了生离死别，濒死的一颗心活转回来，他要好好活着，活着等到重逢时！得成蝴蝶寻花树，他开始一首一首诗寄过去，他的花树正等着他回来，千朵万朵压枝低。

但白居易收到元稹的回诗时，已经是两三年以后了。

长安
月下
与君逢

白居易《与微之书》云："仆初到浔阳时，有熊孺登来，得足下前年病甚时一札，上报疾状，次叙病心，终论平生交分。且云：危惙之际，不暇及他，唯收数帙文章，封题其上，曰："他日送达白二十二郎，便请以代书。'"

收到了微之的文章，看着那熟悉的笔迹，却再也没有他的消息。白居易在煎熬中等着，含着希望又带着绝望地等着。有一次，恰逢一位好友去世，他想到自己失去微之的消息很久了，几乎以为微之也一同去了黄泉，于是大恸而哭："去年闻元九瘴疟，书去竟未报；今春闻席八殁，久与往还，能无恸哭！"

某个冬夜，白居易辗转难眠，鬼宿渡河时，正是思念杀人处，煎熬之时，干脆"引笔铺纸，悄然灯前"写了洋洋洒洒一篇长信《与元九书》说"且以代一夕之话言也"。

不知何年能相遇，何地能相见，如果我们有谁突然死去，那该怎么办呵！微之微之，你知道我的心吗？

此夕此心，君知之乎

虽然白居易失去了元稹的消息，虽然他想过种种最坏的可能性，但依然不放弃写诗给元稹，白居易相信，总有一日，微之还会展卷再读，而且无论生死，他们终会相逢。

于是，公元 817 年四月的某夜，在失去元稹消息的两年后，白居易再次给元稹写下长信《与元微之书》："微之微之！不见足下面已三年矣，不得足下书欲二年矣，人生几何，离阔如此！况以胶漆之心，置于胡越之身，进不得相合，退不能相忘，牵挛乖隔，各欲白首。微之微之，如何！如何！天实为之，谓之奈何！"

我们已经三年未见，人生苦短，我们却久久分离，内心苦苦牵挂，身体远远分离，我们都各自生出了白发，你再不来，我就老了。微之啊微之，我们怎么办啊！

白居易写完这封信时，天已经渐渐亮了，窗外，能看见一两个山寺的和尚，或坐，或睡。听得几声山中猿猴的哀啼，山谷之鸟的鸣叫。

147

长安
月下
与君逢

他们的岁月静好，而我只能将岁月付与相思。

八月，白居易终于在梦里见了微之，写下心中的万千惆怅：

晨起临风一惆怅，通川溢水断相闻。
不知忆我因何事，昨夜三回梦见君。

——白居易《梦微之》

昨夜三回梦里，都看见你来我梦中，微之啊，微之，我们消息断了这么久，不知你来我梦中因何事啊。

白居易不说自己思念，反问微之因何而来，心底固执地坚信着他的微之也一定在想他，所以才会来到他的梦中，虽然他们已经消息断了很久。愿当梦是此生事，愿当此生是梦中。

后来他们恢复联系后，元稹看到这诗也同样提及自己的梦境说：

山水万重书断绝，念君怜我梦相闻。
我今因病魂颠倒，唯梦闲人不梦君！

——元稹《酬乐天频梦微之》

148

病了那么久，我总是梦不到你，都是一些泛泛之交来相扰。你的梦里我们尚可相见，可我的梦里，我遇见了很多人，却遇不到我最想念的你。这样的梦让人恨啊！

这年秋天，元稹从兴元返回通州，经过阆州开元寺时，抑制不住这两年对白居易的思念，便在开元寺的屋壁上写下白居易的诗，还给白居易写诗提及此事——《阆州开元寺壁题乐天诗》："忆君无计写君诗，写尽千行说向谁？题在阆州东寺壁，几时知是见君时。"

得到元稹消息的白居易大喜过望，他也当即将元稹的诗题于屏风之上，并给元稹回酬："君写我诗盈寺壁，我题君句满屏风。与君相遇知何处，两叶浮萍大海中。"

一个诗人将诗题在壁上，一个诗人将诗题在屏上，思念泼墨而出，让两个诗人的心大雨滂沱。我们就像两朵浮萍，要等多久才能等到一场飓风让我们跨过江湖四海再相遇。

长安
月下
与君逢

此时，大病初愈的元稹，对前途充满了希望，说："前身为过迹，来世即前程。"悠悠天地内，不死会相逢！

此夕此心，君知之乎

直到他生亦相觅

公元 818 年十二月，元稹移虢州长史，白居易移忠州刺史。第二年春天，他们各赴新任。

元稹当时不知白居易也启程到忠州赴任，怕白居易寄给自己的书信跟上次一样误投通州，所以特地先写信托人带给白居易。却没想到，顺流而下的元稹与溯流而上的白居易竟然相遇于逝水之上。

天南地北的两只孤雁，竟然也能在浩瀚宇宙里重逢！

两人相遇的地方叫滟滪堆，古代又名犹豫石。秋冬水枯，它显露江心，秋冬之时，下水船可顺势而过；上水船则因水位太低，极易触礁，所以民间有谚语："滟滪大如象，瞿塘不可上。"夏季洪水暴发，滟滪堆大部浸入水下，行船下水，如箭离弦，分厘之差，就会船沉人亡，所以谚语说："滟滪大如马，瞿塘不可下。"

151

长安
月下
与君逢

当时他们正在夷陵的江面上行舟，白居易溯流而上缓缓行，元稹顺流而下行得快，就要错船瞬息而过时，陡然发现了对方，隔着湍急的江水，元稹止船不住，白居易便掉转船头，顺流向元稹飞速行去。

这一次相见仿佛是上天的安排，在漫长的千万年时光中截取偶然的一瞬，让他们像大海深处两粒沙的相逢，洋流转过千遍，终究到了相遇的时刻！

白居易船上还有他的弟弟白行简，本来此行白居易还想让弟弟前往通州去看望元稹，却没想三人不期而遇。未及有语，众人只有眼泪情不自禁流下来。此后千年，世间再无这样的遇见！

执手相望，流泪不语，此前经年，种种际遇，皆若过眼云烟，瓦解星散。有千言万语要说，只恨时间短暂，元稹坚持反棹逆水送白居易继续西上。他们一起在船上度过了一天后，还是不忍分别，在江水上来来回回相送航行，又在岸上游了一夜，看尽胜绝之景，殆旦将去。

152

此夕此心，君知之乎

千难万难相逢的两人，千年万年难遇的美景，他们都遇到了，两个诗人怎能不以诗纪念这人间至情遇得人间绝景。

白居易写诗云《十年三月三十日别微之于沣上，十四年三月十一夜遇微之于峡中，停舟夷陵，三宿而别，言不尽者以诗终之，因赋七言十七韵以赠，且欲记所遇之地与相见之时，为他年会话张本也》：

沣水店头春尽日，送君上马谪通川。

夷陵峡口明月夜，此处逢君是偶然。

一别五年方见面，相携三宿未回船。

坐从日暮唯长叹，语到天明竟未眠。

齿发蹉跎将五十，关河迢递过三千。

生涯共寄沧江上，乡国俱抛白日边。

往事渺茫都似梦，旧游流落半归泉。

醉悲洒泪春杯里，吟苦支颐晓烛前。

莫问龙钟恶官职，且听清脆好文篇。

别来只是成诗癖，老去何曾更酒颠。

153

长安
月下
与君逢

各限王程须去住，重开离宴贵留连。

黄牛渡北移征棹，白狗崖东卷别筵。

神女台云闲缭绕，使君滩水急潺湲，

风凄暝色愁杨柳，月吊宵声哭杜鹃。

万丈赤幢潭底日，一条白练峡中天。

君还秦地辞炎徼，我向忠州入瘴烟。

未死会应相见在，又知何地复何年。

分别的时候，白居易站在滟滪堆边向元稹久久招手，而元稹频频回望，如若不死，一定再见，再见又在何年何方呢？

江上一别后，各自到任，彼此都心情难以平静，元稹说："唯有秋来两行泪，对君新赠远诗章。"

公元 819 年，元稹被召回长安进入权力中心，他抵达了他一生追求的顶点，同时也陷入权力斗争的旋涡之中，为这红尘壮丽，他甘愿陷落。

此夕此心，君知之乎

当年唐穆宗还在东宫做太子时，常常听到妃子们唱元稹的诗歌，一曲"曾经沧海难为水，除却巫山不是云"，一曲"唯将终夜长开眼，报答平生未展眉"让太子早有怜才之心，即位后，有人献元稹诗百首，皇帝甚为喜欢，元稹就开始了一路顺畅的加官晋爵之路。甚至曾在一日之中，三次加官。

第二年夏天，白居易也被召回长安。

公元821年大年初二，白居易和元稹随祭天的唐穆宗去南郊，当夜两人一同值班，漫漫长夜里，互相以诗歌相和，口吐琼音，手挥霄翰，弹毫珠零，落纸锦粲，惊起了其他随行的官员，从翰林学士到兵卒小吏都来围观，大家一夜无眠，只为听高山流水的一曲斗歌。

两人相聚于长安，常常一起浴殿晓闻天语后，步廊骑马笑相随。连诗也欢快起来。元稹说："南省郎官谁待诏？与君将向世间行。"与君将向世间行，这是多么壮阔的情怀，万里山河，我与你同行！

155

长安
月下
与君逢

　　而白居易对指点江山没有太多的激情，这一切于他都如梦幻泡影，如露亦如电，于他而言，只有情才是最真实的。他看着微之步步高升，那红色的印绶明艳艳地晃着他的眼，心情是复杂的，我还是一身青袍想去往莺谷接清尘，而微之却步步鳌山作侍臣。

　　此时，元稹眼睛热切地盯着前方的宫殿，正要拾舲济河汉。他顾不上回头看因已有离去心而放慢了脚步的乐天。

　　乐天啊，仙籍亦本凡骨，灞陵便是神仙窟，何必崎岖上玉清？

　　元稹，在白居易眼前，步步登上他人生的权力巅峰，当他站在高高的孤峰顶上，是白居易承皇帝之命，一笔一笔写下任命的诏令："朝散大夫、守尚书祠部郎中、知制诰、上柱国、赐绯鱼袋元稹……凡秉笔者，莫敢与汝争能，是用命尔为中书舍人，以司诏令；尝因暇日，前席与语，语及时政，甚开朕心，是用命尔为翰林学士，以备访问；仍以章绶，宠荣其身。一日之中，三加新命……"

156

此夕此心，君知之乎

　　白居易抬眼望着他金印蝉紫绶立在绝顶之上，自己已成为元稹眼前小小的众山，看他政务繁忙，看他眼光紧紧追随着皇帝，顾不得再看自己。

　　这一两年，微之和乐天已无暇诗来诗往。也许这比在忠州更让白居易难过，在长安，他一直都看得见微之，但微之却已顾不上看他了。

　　白居易还受微之所托，为他所想，替他写给皇帝歌功颂德的文章，替他粉饰被人诟病的行为，因他蒙上污点。无论怎样，只要是微之要求的，白居易都做了，不管这符不符合当时的舆情，只要是微之要求的，他才不在乎众望所归。

　　当时河北叛乱，国家有分裂之势，大将裴度兵临城下平复叛乱，但《裴度传》中记载道："元稹为相，请上罢兵……盖欲罢度兵柄故也。"裴度终败。

　　而此时，白居易却代其起草《请上尊号表》，大讲皇帝英明，

157

长安
月下
与君逢

政治昌平，把国家无力收复河北也粉饰成节约钱财物资。宋人洪迈《容斋随笔》评此文为："君臣上下，其亦云无羞耻矣。"

这段日子，白居易也在步步高升，当上了客郎中知制诰，知制诰就是为皇上起草诏书诰命的人。那一日，白居易穿上了绯红色官袍，跟元稹开玩笑说："晚遇缘才拙，先衰被病牵。那知垂白日，始是著绯年。身外名徒尔，人间事偶然。我朱君紫绶，犹未得差肩。"说是开玩笑，可是这句"身外名徒尔，人间事偶然"最意味深长，他早就看透这一切，大概是为了能跟那人比肩而立，他才如此纡朱拖紫，他希望微之能懂，但微之能懂吗？

而后，白居易升为中书舍人，职权很大，但他果真高兴吗？他才到这个位置待了一年，就自己请辞下杭州了。

然而，元稹跟皇帝的蜜月期很短。元稹被人诬陷，说他欲遣人刺杀与自己政见不和的裴度，导致元稹被罢相。公元822年，元稹被贬职出京，任同州刺史。

158

此夕此心，君知之乎

看到好友如此情状的白居易，也在长安心灰意冷，他放弃多数人梦寐以求的京官，在仕途上选择外任，赴杭州任刺史。微之，离开了长安，他也离开了。

白居易比元稹大几岁，他对人生看比元稹得更透彻，比元稹更懂得取舍，于他而言情义无价，仕途如粪土。

这次离开，白居易潇洒地把金章紫绶一抛，就轻快地转身，再无回头。

退身江海应无用，忧国朝廷自有贤。

且向钱塘湖上去，冷吟闲醉二三年。

——白居易《舟中晚起》

长安
月下
与君逢

夜来携手梦同游

白居易与元稹虽为一生知己，但在入世理想上却大为不同，白居易在给元稹信里曾说："穷则独善其身，达则兼济天下……故仆志在兼济，行在独善。"但元稹却说："修身不言命，谋道不择时。达则济亿兆，穷亦济毫厘。"

白居易主张有道则仕，无道则可卷而怀之，如果行到水穷处，那就坐看云起时。元稹则是对仕途太过执着，撞到南墙也不回头，撞个头破血流亦不顾。

公元823年，元稹又被调任浙东观察使，在赴任的路途上，元稹在杭州，在这个"乱花渐欲迷人眼，浅草才能没马蹄"的杭州，与白居易重逢了，此时他们已经分离了两年。

白居易说起他们见面的场景："分袂二年劳梦寐，并床三宿话平生。"前尘已是旧事，此时不想再说聚散，只举起这杯情觞，

此夕此心，君知之乎

以盛住你酒后崩塌的块垒。

元稹在杭州整整停留了三宿，才离开杭州，去往越州。

越州，就是今天的绍兴，毗邻杭州。这让白居易很高兴，他又可以跟微之同对一方江湖月，在如此美景里做官，对岸还有好友与他对望，让他对生活的热情高涨。而元稹心中却泛着苦涩，他的志向并不在江湖之中。他跟白居易说："老大那能更争竞，任君投募醉乡人。"

元稹还是不甘心，他只能任由自己投入醉乡，一场醉生梦死后，梦里已他生。

到了越州，这里风景可堪酌霞，却没有故人伴我入醉，他给白居易写诗问你能不能生出双翼，飞来伴我大醉一场啊——"安得故人生羽翼，飞来相伴醉如泥。"

失意的元稹，此时倍加想念邻郡的白居易。他写诗《寄乐天》说：

161

长安
月下
与君逢

闲夜思君坐到明，追寻往事倍伤情。

同登科后心相合，初得官时髭未生。

二十年来谙世路，三千里外老江城。

犹应更有前途在，知向人间何处行？

以前他跟白居易说的是："与君将向世间行"，而现在则说
"知向人间何处行"。他茫茫然望四方，已不知自己该向何处去，
只有白居易拎着酒壶穿越他人生的重重迷雾前来寻他，让我们"醉
来一曲放歌行"吧！

白居易，已经离微之这么近了，所以他对现状早已满足，他
常常给元稹写诗，然后以竹筒传之，说："老去还能痛饮无？春
来曾作闲游否？凭莺传语报李六，倩雁将书与元九。莫嗟一日日
催人，且贵一年年入手。"

我们都应该珍惜这好时光，岁月催人老，其实老的是时间，
有一种深情，地老天荒。

而后元稹又以竹筒传诗回来，如此"走笔往来盈卷轴"，他

们之间的酬唱，用白居易的话来说是"予与微之前后寄和诗数百篇，近代无如此之多也"。

长庆四年（公元824年）唐穆宗仙去，元稹灰心已甚，他说："从此不名长庆年。"此时元稹正在帮白居易编集文集，他特地把白居易的文集命名为《白氏长庆集》，在序中云："前辈多以前集、中集为名，予以为陛下明年当改元，长庆迄于是，因号曰《白氏长庆集》。"

元稹编着文集，读乐天的诗读了整夜，读到天亮了，听得外面门房冒着风雨开锁的声音，他把这情景写下来："今宵不寐到明读，风雨晓闻开锁声。"仿佛他与白居易的情谊也在这风雨里经住了考验，夜来风雨声，花落知多少，还有多少情谊经历了这么多风雨后，依旧能陪在身旁如一朵好花绽放？

他们身边都有过很多女子，白居易有"樱桃樊素口，杨柳小蛮腰"的佳人在侧，元稹亦爱薛涛的"锦江滑腻蛾眉秀"，但他们却把内心深处最牵挂最恒久的一种感情给了对方，两人来来往

长安
月下
与君逢

往的酬唱诗足足有九百首之多。杨万里读完元白长庆二集诗后，

掩卷说："读遍元诗与白诗，一生少傅重微之。再三不晓渠何意，

半是交情半是私。"

此夕此心，君知之乎

死生契阔者三十载

白居易在杭州待满三年，刺史任满，便离开杭州去往苏州。他很喜欢在杭州生活的这段时光，临走前，还把自己的大部分官俸留在了杭州的官库中，以使他的继任者可在急需时调用。

苏州，与越州相距四百里，比从杭州到越州的距离更远一些。但苏越两地有运河相连，让白居易和元稹的书信往来较为便捷。不过可惜的是，这以后元稹写的诗很多都遗失了。

只能从白居易的诗里，还看见他们之间裁书且附双鲤鱼，偏恨相思未相见。

这一年年末的某夜，白居易数数白发，深觉自己人生苍老，不敢再睡，把这十年以来他和微之的来来往往的诗都拿出来读了一遍，仿佛时间又洄流，他给微之写信说：

微之别久能无叹，知退书稀岂免愁。甲子百年过半后，光阴

长安
月下
与君逢

一岁欲终头。

池冰晓合胶船底，楼雪晴销露瓦沟。自觉欢情随日减，苏州
心不及杭州。

荣进虽频退亦频，与君才命不调匀。若不九重中掌事，即须
千里外抛身。

紫垣南北厅曾对，沧海东西郡又邻。唯欠结庐嵩洛下，一时
归去作闲人。

白头岁暮苦相思，除却悲吟无可为。枕上从妨一夜睡，灯前
读尽十年诗。

龙钟校正骑驴日，憔悴通江司马时。若并如今是全活，纡朱
拖紫且开眉。

他跟微之说，他想要归去渔舟唱晚了，只是元稹不愿一同登船。

到苏州的第二年，白居易就病了，以眼病肺伤为由，请百日
长假，假满便罢官，离开了苏州。恰好与离和州任的刘禹锡同期
北上，两人结伴归京，白居易最后给元稹留下一首《留别微之》：

干时久与本心违，悟道深知前事非。

犹厌劳形辞郡印，那将趁伴著朝衣。

五千言里教知足，三百篇中劝式微。

少室云边伊水畔，比君校老合先归。

他跟元稹说，我诗信里也劝你劝太多了，还望你自己能想开，这次我就先回长安了。

白居易在长安又当了几年官，于他此时，往事都已是过眼云烟，他已经厌倦了这种生活，已生彻底归去之心。白居易一直很希望元稹能跟他一起离开名利场，但元稹没有这种打算。

公元 829 年，白居易称病离去，以太子宾客分司东都，定居洛阳，就像王维有他的终南山，白居易也要在这里拥有一座他的香山，从此白居易玉楼金阙慵归去，且插牡丹醉洛阳，他为这座"花开花落二十日，一城之人皆若狂"的城疯狂过，从此就不再问长安。

在这里，他的视界宽大起来，他说"身心安处为吾土，岂限长安与洛阳"，身心安处为吾土，他的一颗心一直就放在洛阳了，

长安
月下
与君逢

安稳地度过余生。

而洛阳又是元稹的故乡，所以白居易在此，相当于我在的他乡就是你的原乡。我在你的原乡等你，不管你归来的路途有多遥远，在我身心安居的此处，永远有你一席坐榻，你随时可来，与我酌霞于桃花林下，也可随时离去，身后总有我目送的身影。

独自一人待在洛阳的白居易，常常会想起微之，甚至想着去越州看看他，一念才起，那江南的风景就历历在目，让白居易吟且成篇不能自休："大和三年春，予病免官后，忆游浙右数郡，兼思到越一访微之。故两浙之间，一物以上，想皆在目，吟且成篇，不能自休，盈五百字，亦犹孙兴公想天台山而赋之也。"

在白居易挂念着元稹的时候，唐文宗也想起了元稹，把元稹召回了京城。

白居易听到这个消息，喜不自胜，打开一壶新酿的酒遥遥为微之举杯相庆。快点来啊，喝酒就差你了：

此夕此心，君知之乎

世间好物黄醅酒，天下闲人白侍郎。

爱向卯时谋洽乐，亦曾酉日放粗狂。

醉来枕麹贫如富，身后堆金有若亡。

元九计程殊未到，瓮头一盏共谁尝？

——白居易《尝黄醅新酎忆微之》

元稹果真来到了洛阳赴约，与白居易阔别重逢白头相见，两人一起去看槿花。白居易还是希望微之能看清形势，看淡名利，一念放下，天地就广了，他说：

朝荣殊可惜，暮落实堪嗟。

若向花中比，犹应胜眼花。

——白居易《和微之叹槿花》

但元稹的志向还是在长安，他也以诗回应了白居易说：

远路事无限，相逢唯一言。

月色照荣辱，长安千万门。

——元稹《逢白公》

169

长安
月下
与君逢

跨过万水千山行来遇见了你，又要匆匆行去，漫长远途之后的重逢，心中有千言万语却来不及多说，只说一句，荣辱有时，各自珍重。

二十年里，他们已经分别过太多次，而此一去，只怕一生就过去了。

元稹回到长安，任尚书左丞。史书里云："三年九月入为尚书左丞……然以稹素无检操，人情不厌服。会宰相王播仓卒而卒，稹大为路歧，经营相位。"元稹又因太过急功近利而遭受挫折，踏上了外贬的道路，出镇武昌。

公元 831 年，元稹在巡视遭受水灾的岳州之时，因病暴亡，来不及留下只言片语，卒于武昌节度使任内，年仅五十三岁。

听到这个消息的白居易，大恸，为微之挂起了白幕。他站在寝室走廊上，看着白幕纷纷扬扬地被风吹起来，一颗心也似被冰冻在漫天风雪里，在白茫茫的凄楚与绝望中痛不欲生：

170

此夕此心，君知之乎

八月凉风吹白幕，寝门廊下哭微之。

妻孥亲友来相吊，唯道皇天无所知。

文章卓荦生无敌，风骨英灵殁有神。

哭送咸阳北原上，可能随例作灰尘。

——白居易《哭微之二首》

从此这世间只有他一个人了。

月迷了津渡，雾失了楼台，他看不到那人等自己的彼岸渡口，他也看不到自己能望见那人的此岸楼台。

《唐才子传》云："微之与白乐天最密，虽骨肉未至，爱慕之情，可欺金石，千里神交，若合符契，唱和之多，毋逾二公者。"

这一年，刘禹锡经洛阳赴苏州刺史任，白居易与他叙旧，想提起微之，可是一想到那人便泪流满面，竟怎么也说不出口他的名字，他成了白居易心中最大的痛，一开口，悲伤就泄流千里：

欲话毗陵君反袂，欲言夏口我沾衣。

☾ 长安
月下
与君逢

谁知临老相逢日，悲叹声多语笑稀？

——白居易《初见刘二十八郎中有感》

"夏口"指的是元稹，因元稹卒于武昌节度使任内，而武昌亦称夏口。"毗陵"指的是窦巩，他是毗陵人，刚刚病逝于北归途中，窦巩与白居易、刘禹锡均有交往。

当元稹的神枢经由洛阳运回祖坟安葬时，白居易以一篇《祭微之文》送微之渡忘川：

呜呼微之！贞元季年，始定交分，行止通塞，靡所不同，金石胶漆，未足为喻。死生契阔者三十载，歌诗唱和者九百章……

呜呼微之！始以诗交，终以诗诀。弦笔两绝，其今日乎！

呜呼微之！三界之间，孰不生死？四海之内，谁无交朋？然以我尔之身，为终天之别，既往者已矣，未死者如何？

呜呼微之！六十衰翁，灰心血泪，引酒再奠，抚棺一呼。佛经云："凡有业结，无非因集。'与公缘会，岂是偶然？多生以来几离几合？既有今别，宁无后期？公虽不归，我应继往，安有形去而影在，

此夕此心，君知之乎

皮亡而毛存者乎？呜呼微之！

忘川上你慢点行船，我不久就会追来。你是我的水身，我是你的山影，斯水已逝，山影何存？高山流水，流水不在，高山只有站成悲伤的姿势。

他一直送葬到咸阳，听着周围众亲人的痛哭声，看着长埋在此的微之，突然惊觉此去千年，而这仅仅是微之离开的第一年！

墓门已闭箾簫去，唯有夫人哭不休。
苍苍露草咸阳垄，此是千秋第一秋。

——白居易《元相公挽歌词三首》

白居易还为元稹字字泣泪写下墓志铭，极尽华丽的词语讴歌了微之的一生。

按照习俗，元稹的夫人为白居易送来价值六七十万的财物作润笔费，白居易无法接这样的钱，把它们全都捐修了香山寺。并写下《修香山寺记》云：

长安
月下
与君逢

噫！予早与故元相国微之，定交于生死之间，冥心于因果之际。去年秋，微之将薨，以墓志文见托。既而，元氏之老状，其臧获舆马、绫帛，洎银鞍、玉带之物，价当六七十万，为谢文之贽，来致于予。予念平生分文不当，辞赞不当纳。自秦抵洛，往返再三，讫不得已，回施诸寺……清闲上人与予及微之，皆夙旧也，交情愿力尽得知之，憾往念来，欢且赞曰："凡此利益，皆名功德，而是功德，应归微之，必有以灭宿殃，荐冥福也。"予应曰："呜呼！乘此功德，安知他劫，不与微之结后缘于兹土乎？因此行愿，安知他生，不与微之复同游于兹寺乎？"言及于斯，涟而涕下。

一个僧人说此功德当归微之，能为其灭宿殃，荐冥福。

此后，白居易一个人独活在这世上，一日，他行于闹市中，猛然间听见哪家酒楼里传来有人吟唱微之的诗歌声："曾经沧海难为水，除却巫山不是云。"

他木然地站在原地，泪流满面：

新诗绝笔声名歇，旧卷生尘箧笥深。

时向歌中闻一句，未容倾耳已伤心。

——白居易《闻歌者唱微之诗》

在这个世界上，凡是关于你的讯息，都会让我心痛欲裂，凡是跟你相关的人，都会让我想要关心，我想聊起他们知道的你的往事。他把元稹的挚友卢子蒙的诗也翻出来，仔细地看，只因上面有一些是卢子蒙与元稹唱和的诗，看着这些诗，他仿佛又见到了微之刺船穿过忘川，回到此间红尘岸：

早闻元九咏君诗，恨与卢君相识迟。

今日逢君开旧卷，卷中多道赠微之。

相看掩泪情难说，别有伤心事岂知！

闻道咸阳坟上树，已抽三丈白杨枝。

——白居易《览卢子蒙侍御旧诗多与微之唱和感今伤昔因赠
子蒙题于卷后》

隔一程山水，我与你坐望于光阴的两岸。彼处是我们共期许

长安
月下
与君逢

的桃源，你站在落英缤纷里，不知魏晋，而我是正在行船的武陵
人，我就要找到那豁然开朗的洞口，我已看见光，看见你在光里，
那绚烂的红霞里，你笑容依旧。

《唐宋诗醇》评此诗云："清空一气，直从肺腑中流出，不
知是血是泪，笔墨之痕俱化。"

元稹逝世后的第八年，某夜，白居易嘴里噙着他的名字在梦
境之中，他梦见微之来了，跟自己携手化蝶游于庄生梦里，醒来，
泪流不止，微之都已化土，而我站在红尘此岸，任人间的大雪覆
盖了我的头发，而微之却不知道我在等他化蝶来寻：

夜来携手梦同游，晨起盈巾泪莫收。

漳浦老身三度病，咸阳草树八回秋。

君埋泉下泥销骨，我寄人间雪满头。

阿卫韩郎相次去，夜台茫昧得知不。

——白居易《梦微之》

他的一生里做过很多的梦，梦里铁马冰河，梦里宝马香尘，

此夕此心，君知之乎

梦里火树银花，最想见的却是灯火阑珊的梦里，相约黄昏后的那人姗姗而来。

后来，好友一个个都走了， 白居易茫茫然四处望，发现世间只剩自己一个，他的人生也将油尽灯枯，而他却充满希望，因为在生之尽头，他知道，那里有一个人摆好了笔墨一直等着他，他只要一步步走向死亡就够了，就能见到那个人了，浮生所欠止一死。

他以无涯之情义，悼不驻之光阴，生死以之契阔。

公元 846 年，白居易去世，年七十五岁，归葬洛阳龙门香山寺如满师塔之侧。

图书在版编目（CIP）数据

长安月下与君逢 / 吉祥止止著 . —— 北京 : 中国友
谊出版公司 , 2024.3

ISBN 978-7-5057-5802-5

Ⅰ . ①长… Ⅱ . ①吉… Ⅲ . ①唐诗 – 诗歌欣赏 Ⅳ .
① I207.227.42

中国国家版本馆 CIP 数据核字 (2024) 第 008326 号

书名	**长安月下与君逢**
作者	吉祥止止　著
出版	中国友谊出版公司
发行	中国友谊出版公司
经销	北京时代华语国际传媒股份有限公司　010–83670231
印刷	唐山富达印务有限公司
规格	880 毫米 ×1230 毫米　32 开
	6.25 印张　90 千字
版次	2024 年 3 月第 1 版
印次	2024 年 3 月第 1 次印刷
书号	ISBN　978-7-5057-5802-5
定价	59.80 元
地址	北京市朝阳区西坝河南里 17 号楼
邮编	100028
电话	（010）64678009